A PISTA DE GELO

ROBERTO BOLAÑO

# A pista de gelo

*Tradução*
Eduardo Brandão

1ª *reimpressão*

COMPANHIA DAS LETRAS

Copyright © 2003 by Herdeiros de Roberto Bolaño
Copyright © 2003 by Editorial Seix Barral, S.A

*Título original*
La pista de hielo

*Capa*
Raul Loureiro

*Foto de capa*
Sem título (1999), óleo sobre tela de Rodrigo Andrade. 60x70 cm.
Coleção Gisela Moreau

*Preparação*
Valéria Franco Jacintho

*Revisão*
Cecília Ramos
Marise S. Leal

Dados Internacionais de Catalogação na Publicação (CIP)
(Câmara Brasileira do Livro, SP, Brasil)

Bolaño, Roberto, 1953-2003.
A pista de gelo / Roberto Bolaño ; tradução Eduardo
Brandão. — 1ª ed. — São Paulo : Companhia das
Letras, 2007.

Título original: La pista de hielo
ISBN 978-85-359-1012-4

1. Ficção chilena I. Título.

07-1965                                                    CDD-861

Índice para catálogo sistemático:
1. Ficção : Literatura chilena    861

[2022]
Todos os direitos desta edição reservados à
EDITORA SCHWARCZ S.A.
Rua Bandeira Paulista, 702, cj. 32
04532-002 — São Paulo — SP
Telefone: (11) 3707-3500
www.companhia das letras.com.br
www.blogdacompanhia.com.br
facebook.com/companhiadasletras
instagram.com/companhiadasletras
twitter.com/cialetras

*Se hei de viver,*
*que seja sem timão e no delírio*
Mario Santiago

# Remo Morán:

## *Eu o vi pela primeira vez na rua Bucareli*

Eu o vi pela primeira vez na rua Bucareli, na Cidade do México, isto é, na adolescência, na zona indistinta e vacilante que pertencia aos poetas de ferro, numa noite carregada de neblina que obrigava os carros a trafegar com lentidão e que predispunha os pedestres a comentar, com regozijada estranheza, o fenômeno brumoso, tão incomum naquelas noites mexicanas, pelo menos até onde me lembro. Antes de ser apresentado a ele, na porta do café La Habana, ouvi sua voz, profunda, como de veludo, a única coisa que não mudou com o passar dos anos. Falou: é uma noite sob medida para o Jack. Referia-se a Jack, o Estripador, mas sua voz soou evocativa de terras sem lei, onde qualquer coisa seria possível. Éramos todos adolescentes, adolescentes cheios de energia, isso sim, e poetas, e ríamos. O desconhecido se chamava Gaspar Heredia, Gasparín para os amigos e inimigos gratuitos, mas lembro-me da neblina por baixo da porta giratória e dos destinos que iam e vinham. Mal se vislumbravam os rostos e as luzes, e a gente envolta naquela echarpe parecia enérgica e ignorante, fragmentada e inocente, como realmente éramos. Agora estamos a milhares de quilômetros do café La Habana, e a neblina, feita sob medida para Jack, o Estripador, é mais densa do que então. Da rua Bucareli, na Cidade do México, ao assassinato!, pensarão... O propósito deste relato é tentar persuadi-los do contrário...

# Gaspar Heredia:

## Cheguei a Z no meio da primavera

Cheguei a Z no meio da primavera, numa noite de maio, vindo de Barcelona. Não me sobrava quase nada de dinheiro, mas isso não me preocupava, pois em Z me esperava um trabalho. Remo Morán, que eu não via fazia muitos anos mas de quem constantemente tivera notícias, salvo naquela época em que dele nada se soube, me ofereceu, por intermédio de uma amiga comum, um trabalho para a temporada, de maio a setembro. Devo esclarecer que não pedi o trabalho, que nem então nem antes tentei entrar em contato com ele e que nunca tive a intenção de viver em Z. É verdade que tínhamos sido amigos, mas isso fazia muito tempo, e não sou dos que vão atrás de caridade. Até então morava num apartamento que dividia com outras três pessoas, no bairro chinês, e as coisas não iam tão mal para mim como se poderia imaginar. Minha situação legal na Espanha, salvo nos primeiros meses, era, para dizer de uma forma suave, desesperadora: não tenho visto de residência, não tenho visto de trabalho, vivo numa espécie de purgatório indefinido à espera de conseguir dinheiro suficiente para bater as asas ou pagar um advogado que legalize minha situação. Claro, esse dia é um dia utópico, pelo menos para os estrangeiros que, feito eu, pouco ou nada possuem. De todo modo, as coisas não iam mal para mim. Por muito tempo andei fazendo uns bicos, vendendo numa lojinha da Rambla ou costurando numa Singer caindo aos pedaços bolsas de couro para uma fábrica clandestina, e assim comia, ia ao cinema e pagava a moradia. Um dia conheci Mónica, uma chilena que tinha uma banquinha na Rambla e, conversando, descobrimos que ambos, em diferentes épocas da nossa vida, eu anos antes, ela na Europa e de forma mais regular, tínhamos sido amigos de Remo Morán. Por ela soube que ele agora vivia em Z (eu sabia que ele vivia na Espanha, mas não sabia onde) e que era imperdoável que na minha atual situação não fosse visitá-lo ou não lhe telefonasse. Para lhe pedir ajuda! Claro que não fiz nada; a distância entre mim e Remo me parecia intransponível, e eu também não estava a fim de incomodá-lo. De modo que continuei vivendo, ou vivendo mal, depende, até que um dia Mónica me contou ter visto Remo Morán num bar de Barcelona e que, depois de lhe explicar a minha situação, ele dissera que era para eu partir imediatamente para Z, porque lá poderia morar e trabalhar pelo menos durante a temporada de verão. Morán se lembrava de mim! A verdade, devo reconhecer, é que eu não tinha nada melhor e que as perspectivas até aquele momento eram negras como um barril de petróleo. Além do mais, a proposta me emocionou. Nada me prendia a Barcelona, eu acabara de sair da pior gripe da minha vida (cheguei a Z ainda com febre), a simples idéia de viver cinco meses seguidos à beira-mar me fazia sorrir como um boboca, era só pegar o trem da costa e ir embora. Dito e feito: enfiei na mochila os livros e a roupa e me mandei. Tudo que não coube, dei de presente. Ao deixar para trás a estação de Francia, pensei que nunca mais tornaria a viver em Barcelona. Para trás e para fora de mim! Sem dor nem amargura! Na altura de Mataró comecei a esquecer todos os rostos... Mas, claro, isso é uma maneira de dizer, nada se esquece...

# Enric Rosquelles:

## *Até há alguns anos meu caráter era proverbialmente agradável*

Até há alguns anos meu caráter era proverbialmente agradável; disso dão fé meus familiares, meus colegas, meus subordinados, todas as pessoas que tiveram a oportunidade de se relacionar comigo. Todos dirão que o indivíduo menos indicado para se ver envolvido num crime sou eu. Meus hábitos são regrados e até severos. Fumo pouco, bebo pouco, quase não saio de noite. Minha capacidade de trabalho é conhecida: se necessário posso prolongar minha jornada de trabalho até dezesseis horas por dia, e meu rendimento não cai. Aos vinte e dois anos obtive o diploma de psicólogo e sem falsa modéstia devo salientar que fui um dos melhores alunos da minha turma. Atualmente estudo direito, curso que faz tempo deveria ter terminado, eu sei, mas preferi ir com calma. Não tenho pressa. A verdade é que muitas vezes achei que cometi um erro ao me matricular em direito, para que fazer isso, não é mesmo? Um curso que à medida que se passaram os anos foi se tornando cada vez mais pesado. O que não significa que vou desistir. Nunca desisto. Às vezes sou lento, às vezes sou rápido, metade tartaruga, metade Aquiles, mas nunca desisto. Aliás, notemos, não é fácil trabalhar e estudar ao mesmo tempo, e, como já disse, meu trabalho costuma ser intenso e absorvente. A culpa normalmente é minha. Era eu que determinava o ritmo. Entre parênteses, permitam-me uma pergunta: que pretendia eu com isso tudo? Não sei. Em alguns momentos os fatos me suplantam. Às vezes acho que fiz o pior dos papéis. Outras vezes acho que durante quase todo aquele tempo andei com uma venda nos olhos. As noites que ultimamente passei em branco não me fizeram encontrar as respostas. Também não foram propícias as vexações e os insultos que, segundo dizem, tive recentemente de suportar. A única coisa certa é que comecei a assumir responsabilidades cedo demais. Durante um breve e feliz período da minha vida trabalhei como psicólogo num centro de crianças desajustadas. Devia ter ficado lá, mas há coisas que a gente não entende antes de muitos anos se passarem. Por outro lado, creio que é normal que um jovem tenha ambições, desejo de superação, metas. Eu, pelo menos, tinha. Desse modo, cheguei a Z pouco depois da primeira vitória socialista nas eleições municipais. Pilar precisava de alguém para dirigir a Área de Serviços Pessoais, e eu fui o escolhido. Meu currículo não era extraordinário, mas reunia as condições necessárias para levar adiante aquele trabalho delicado, quase experimental em tantas prefeituras socialistas. Claro, também tenho a carteirinha do partido (da qual serei privado pública e exemplarmente dentro em breve, se é que já não o fizeram), mas isso não teve nada a ver com a decisão finalmente tomada: consegui meu cargo depois de ser observado à lupa, e os primeiros seis meses, além de instáveis, foram exaustivos. Portanto, permitam-me erguer aqui minha voz contra aqueles que agora querem envolver Pilar nessa sujeira. Ela não me empregou por amizade; se bem que, depois de dois mandatos (em Z adoram a sua prefeita, então não têm por que reclamar), nasceu entre nós algo que me honra chamar desta forma: amizade de companheiros de canseiras e de ilusões, e que no meu caso é extensiva ao seu digníssimo esposo, meu xará Enric Gibert i Vilamajó. Os chacais disfarçados de jornalistas podem dizer o que quiserem. Se por acaso Pilar cometeu algum pecado, foi o de depositar cada vez mais sua confiança em mim. Se observarmos o estado dos diversos departamentos antes da minha chegada e, digamos, dois anos depois, a conclusão é imediata: eu era o motor da prefeitura de Z, seus músculos e cérebro. Não importa quão cansado estivesse, sempre levava meu trabalho adiante e, em não poucas ocasiões, o dos outros. Também suscitei rancores e invejas, inclusive entre gente do meu próprio círculo. Sei que muitos dos meus subordinados me odiavam secretamente. Meu caráter, com o passar do tempo, foi ficando seco e vazio de esperanças. Confesso que nunca pensei em ficar em Z toda minha vida, um profissional sempre deve almejar mais; no meu caso, teria adorado ser convidado para assumir um cargo similar em Barcelona ou pelo menos em Gerona. Muitas vezes sonhei, não me envergonha dizê-lo, que o prefeito de uma grande cidade me punha à frente de um arriscado projeto de prevenção ou de luta contra as drogas. Em Z eu já tinha feito de tudo! Um dia Pilar deixaria de ser prefeita e o que ia ser de mim, ante que classe de políticos teria de me arrastar! Pavores noturnos que eu aplacava ao dirigir cada noite de volta para casa. Cada noite, sozinho e esgotado. Meu Deus, quantas coisas precisei fazer, quanto tive de engolir e digerir a sós com a minha alma. Até que conheci Nuria e caiu nas minhas mãos o projeto do Palácio Benvingut...

# Remo Morán:

*Admito que em maio dei trabalho a Gaspar Heredia*

Admito que em maio dei trabalho a Gaspar Heredia, Gasparín para os amigos, mexicano, poeta, indigente. Embora não quisesse confessar a mim mesmo, no fundo esperava sua chegada com impaciência e nervosismo. Mas, quando ele apareceu na porta do Cartago, a duras penas o reconheci. Os anos não tinham passado em vão. Nos abraçamos e ali acabou tudo. Muitas vezes pensei que, se então houvéssemos conversado ou dado um passeio pela praia, depois tomado uma garrafa de conhaque chorando, ou se houvéssemos rido até o amanhecer, agora as coisas seriam diferentes. Mas depois do abraço uma placa de gelo se instalou em meu rosto e fui incapaz de esboçar um mínimo gesto de amizade. Eu o sabia desamparado, pequeno e só, sentado num tamborete junto do balcão do bar, e não fiz nada. Tive vergonha? Que tipo de monstros sua repentina presença em Z despertou? Não sei. Eu talvez tenha acreditado que via um fantasma, e naqueles dias os fantasmas me desagradavam profundamente. Não, agora não mais. Agora, pelo contrário, alegram minhas tardes. Quando saímos do Cartago era mais de meia-noite, e nem sequer fui capaz de iniciar uma tentativa de conversa. De todas as maneiras, em seu silêncio notei que ele se sentia feliz. Na recepção do camping, o Carajillo assistia tevê e nos viu. Passamos longe. A barraca canadense em que a partir de então ele moraria estava armada num lugar afastado, junto da cabana de ferramentas. Era preciso proporcionar-lhe um mínimo de silêncio, já que dormiria de dia. Gasparín achou tudo perfeito, com sua voz profunda disse que seria como morar no campo. Pelo que sei, nunca havia morado num lugar que não fosse uma cidade. Ao lado da barraca, havia um pinheirinho bem pequeno, mais parecido com uma arvorezinha de Natal do que com um pinheiro de camping. Álex é que tinha escolhido o lugar: até nisso se notava a aplicação que punha em todas as coisas, seus jogos mentais ininteligíveis. (O que teria pretendido dizer com aquilo? Que Gasparín era como a chegada do Natal?) Depois o levei ao banheiro, expliquei como o chuveiro funcionava e voltamos à recepção. Foi tudo. Não tornei a vê-lo até a semana seguinte, ou algo assim. Gasparín e o Carajillo se tornaram bons amigos. A verdade é que não é difícil se tornar amigo do Carajillo. O horário de Gasparín era o mesmo que o de qualquer vigia noturno, das dez da noite às oito da manhã. É claro que os vigias dormem durante o trabalho. O salário era bom, superior ao que costumam pagar em outros campings, e o trabalho não era pesado, embora a maior parte dele recaísse sobre Gasparín. O Carajillo está velho demais e quase sempre bêbado demais para sair fazendo rondas às quatro da manhã. A comida era por conta da casa, quer dizer, por minha conta: Gasparín tinha direito a café-da-manhã, almoço, lanche e jantar no Cartago. Não lhe era cobrada uma só peseta. Às vezes eu me informava com os garçons: o vigia veio comer?, janta ou não janta, o vigia?, desde quando o vigia não aparece por aqui? E às vezes, mas menos, perguntava: o vigia escreve?, vocês o viram

16

enchendo de garatujas as margens de algum livro?, olha para a lua como um lobo, o vigia? Insistia pouco, isso sim, porque não tinha tempo... Melhor dizendo, dedicava meu tempo a assuntos que não tinham nada que ver com Gaspar Heredia, distante, apequenado, como que dando as costas para o mundo todo, ocultando quem ele era, como se arranjava, com que coragem havia caminhado e caminhava (não, corria!) para a obscuridade, para o mais alto...

# Gaspar Heredia:

## *Chamava-se Stella Maris*

Chamava-se Stella Maris (um nome que evoca pensões) e era um camping sem regras demais, sem brigas demais, sem roubos demais. Os usuários eram famílias de trabalhadores provenientes de Barcelona e jovens operários da França, Holanda, Itália, Alemanha. A mistura em certas ocasiões se revelava explosiva e teria sido mesmo, se desde a primeira noite eu não houvesse posto em prática o conselho de ouro que me deu o Carajillo e que consistia em deixar que as pessoas se matassem. A crueza da asserção, que a princípio me causou hilaridade e depois espanto, não pressupunha falta de respeito pelos clientes do Stella Maris, ao contrário, implicava alto grau de estima pelo livre-arbítrio deles. O Carajillo, como logo pude verificar, era querido pelas pessoas, principalmente pelos espanhóis e por uma ou outra família estrangeira que ano sim outro também veraneava em Z, e que na única e prolongada ronda que o Carajillo fazia no camping não deixava de convidá-lo a entrar em seus trailers ou em suas barracas, onde sempre havia um copinho, um pedaço de torta, uma revistinha pornográfica para ele não se chatear de noite. Chatear-se de noite! Era impossível. Às três da manhã, o velho estava mais bêbado do que um gambá e seus roncos podiam ser ouvidos lá da rua. Nessa mesma hora, mais ou menos, a calma descia sobre as barracas e era agradável percorrer as ruas internas do camping, estreitas, cobertas de cascalho, com a lanterna apagada e sem outra preocupação além de escutar os próprios passos. Por essa hora o Carajillo e eu nos sentávamos no banco de madeira, junto do portão principal, conversando e recebendo os boas-noites dos que estavam acordados e dos farristas. Às vezes precisávamos carregar algum bêbado até sua barraca. O Carajillo ia na frente, pois sempre sabia onde cada pessoa acampava, e eu o seguia com o cliente nas costas. Ocasionalmente recebíamos uma gorjeta por estes e outros serviços, em geral nem nos agradeciam. Nos primeiros dias tentei não dormir. Depois segui o exemplo do Carajillo. Nós dois nos trancávamos na recepção, apagávamos as luzes e nos acomodávamos nas poltronas de couro. A recepção do Stella Maris era uma caixa pré-fabricada, com duas paredes de vidro, a que dava para a entrada e a que dava para a piscina, de modo que era fácil manter lá de dentro uma vigilância mais ou menos efetiva. Freqüentemente caía a luz em todo camping, e eu era o encarregado de entrar na casa de força e resolver o assunto mediante uma ação sem riscos, se bem que na tal casa precisava andar de lado, procurando não esbarrar num dos muitos fios soltos. Também havia aranhas e insetos de todo tipo. O zumbido da eletricidade! Os usuários, para os quais o apagão havia interrompido um programa de tevê, batiam palmas quando a luz finalmente voltava. Algumas vezes, não muitas, aparecia a Guarda Civil. Era o Carajillo que os atendia, ria das brincadeiras dos guardas, convidava-os a descer do carro, coisa que aliás eles nunca faziam. Dizem que eles bebiam de graça no bar do Stella Maris, mas eu nunca os vi entrar. Outras vezes aparecia a polícia. A nacional e a municipal. Visitas de rotina. Por sorte, a mim nem davam boanoite. Ou então, quando chegavam, eu inventava algum motivo para fazer uma ronda pelo camping. Lembro-me de que certa noite chegou a Guarda Civil procurando duas mulheres de Saragoça que haviam entrado naquele dia. Dissemos que não estavam. Quando foram embora, o Carajillo olhou para mim e disse: coitadas, vamos deixá-las dormir em paz. Para mim, tanto fazia. Na noite seguinte, já tinham ido; o Carajillo as avisou e elas caíram fora voando. Não pedi explicações. De manhã, quando começava a amanhecer, eu ia à praia. É a melhor hora, a areia está limpa, como que recém-penteada, e não há turistas, só barcos de pesca recolhendo as redes. Tirava a roupa, nadava e voltava para o camping pulando por entre as taquaras. Quando chegava à recepção, encontrava o Carajillo já acordado e as janelas abertas para arejar o quarto. Tornávamos a nos sentar no banco da entrada, levantávamos a cancela e conversávamos, geralmente sobre o tempo. Nublado, sujeito a tempestade, ameno, com brisa, coberto, chuvoso, ensolarado, quente... O tempo, nunca soube por quê, preocupava muitíssimo o Carajillo. De noite não. De noite seu tema de conversa preferido era a guerra, melhor dizendo, os últimos anos da Guerra Civil. A história, com algumas variantes, era sempre a mesma: um grupo de soldados do Exército Republicano, armado com bombas de mão, avançava para uma formação de carros blindados; os carros metralhavam os soldados; estes se jogavam no chão e instantes depois tornavam a avançar; outra vez os carros despejavam o fogo das metralhadoras no pelotão; novamente os soldados no chão e instantes depois novamente em frente; na quarta ou quinta repetição acrescentava-se um elemento novo e aterrorizante: os blindados, até então imóveis, avançavam em direção aos soldados. Duas em cada três vezes, ao chegar a esse ponto, Carajillo ficava rubro, como se sufocasse, e soltava as lágrimas. O que acontecia então? Alguns soldados davam meia-volta e desatavam a correr, outros continuavam avançando ao encontro dos blindados, a maioria caía entre gritos e maldições. Isso era tudo. Às vezes a história se prolongava um pouquinho mais, e eu podia ver um ou dois blindados ardendo entre os mortos e a confusão. Cagando de medo, sempre em frente. Cagando de medo, pernas para que te quero. Nunca ficou claro em que grupo esteve o Carajillo, nunca lhe perguntei. Talvez fosse uma invenção, não houve muitos carros blindados na Guerra Civil Espanhola. Em Barcelona conheci um velho açougueiro, no mercado da Boquería, que jurava ter estado numa trincheira a menos de dois metros do marechal Tito. Não era um mentiroso, mas pelo que sei Tito nunca esteve na Espanha. Como diabos apareceu então em suas recordações? Mistério. Depois de enxugar as lágrimas, o Carajillo continuava bebendo como se nada houvesse acontecido ou me propunha uma partida de porrinha. Com a prática, tornei-me um craque. Três com os seus, três com os que você tem, dois e um seu três, um e os que você tem três, meus três, seus três, os três do caolho, todos três e fim de papo. Nunca faltavam clientes tresnoitados, barcelonenses que não conseguiam dormir em meio a tanto silêncio ou aposentados que veraneavam três meses com as mulheres e os filhos, para participar do jogo. Os amigos do Carajillo! Outras vezes, cansado de ficar na recepção, matava as horas no bar do camping. Ali, no terraço, encontravam-se seres esdrúxulos e difusos, como que saídos de um sonho. Era outro tipo de encontro, o encontro dos mortos-vivos de George Romero. Entre uma e duas da manhã, o encarregado do bar fechava as portas e apagava as luzes. Antes de pegar o carro e ir embora, pedia que deixassem os copos e as garrafas em determinada mesa do terraço. Nunca ninguém lhe deu bola. As últimas a ir embora eram duas mulheres. Melhor dizendo, uma mulher já mais velha e uma jovem. Uma falava e ria como se aquilo fosse o mais importante da sua vida; a outra, com um ar ausente, escutava. As duas pareciam doentes...

# Enric Rosquelles:

## *Sei que tudo que disser só vai contribuir para me afundar*

Sei que tudo que disser só vai contribuir para me afundar um pouco mais, mesmo assim me deixem falar. Não sou um monstro, também não sou a personagem cínica nem o ser sem escrúpulos que vocês pintaram em cores tão vivas. Minha aparência física talvez os faça rir. Não importa. Houve tempo em que eu fazia as pessoas tremerem. Sou gordo e não meço mais do que um metro e sessenta e três, e sou catalão. Também: sou socialista e acredito no futuro. Ou acreditava. Desculpem. Não estou passando dias muito agradáveis, digamos. Eu acreditava no trabalho... na justiça... e no progresso. Sei que Pilar se gabava ante os prefeitos socialistas da província de ter em sua equipe um homem feito eu. É provável que o fizesse mesmo, embora na solidão destes dias muitas vezes eu me pergunte como é possível que nenhum peixe graúdo tenha tentado me levar com ele, para longe de Z e de Pilar, para um pouco mais perto de Barcelona. Talvez Pilar não tenha se gabado o bastante. Talvez todos tivessem seu homem e não precisassem de outro. Meu poder cresceu e se circunscreveu a Z. Isso é determinante. Em Z realizei minhas boas obras e aquilo pelo que precisarei pagar. A prefeitura de Z, que agora escarra publicamente em mim, está cheia de projetos e estudos que eu dirigi. Fui chefe da Área de Serviços Pessoais, já disse, mas também controlava a Área de Urbanismo, e até o chefe da Área de Esportes, um corruptor de menores que agora se atreve a me insultar, todas as manhãs ia à minha sala me pedir conselhos. Em festas e atos públicos era eu quem ia ao lado de Pilar. Não pensem errado: o marido da nossa prefeita odiava, ignoro as razões, qualquer reunião de mais de seis pessoas. Meu xará Enric Gibert é o que chamam de um intelectual. Só Deus sabe se teria sido melhor imitá-lo e não sair da minha sala, pois foi dessa maneira, num ato público no Poliesportivo de Z, que conheci Nuria... Nuria Martí... Meus olhos se turvam quando me lembro daquela tarde... Premiávamos, de uma maneira meio indiscriminada, os méritos de alguns esportistas de Z. Entre os premiados estava a equipe juvenil de basquete que havia feito uma campanha excelente; um garoto que jogava num time de futebol da segunda divisão A; o treinador do time de futebol de Z que joga na *divisão regional preferente* e que naquele ano se aposentava; os principiantes de pólo aquático que haviam sido campeões da liga; e, finalmente, a estrela, Nuria Martí, que acabava de voltar de Copenhague, onde havia defendido nada mais nada menos do que as cores da Espanha num torneio de patinação artística no gelo... O ginásio estava cheio de alunos do ensino fundamental (levados por seus professores) e, quando Nuria chegou, aquilo virou um manicômio. Todos berravam e batiam palmas! Moleques de dez anos assobiando e gritando o nome de Nuria! Nunca vi nada igual. A explicação obviamente não era uma paixão generalizada e repentina pela patinação artística, esporte minoritário, como todos sabem. Alguns meninos, principalmente algumas meninas, tinham acompanhado a transmissão do evento pela tevê e, claro, tinham visto Nuria patinar. Para umas poucas, Nuria era um ídolo. A maioria, porém, batia palmas magnetizada por sua fama e sua beleza. Porque ali, na minha frente, estava a mulher mais bonita que eu já tinha visto. A mais bonita que jamais verei! As crianças não costumam se equivocar, dizem. Eu, psicólogo e funcionário público, nunca acreditei nisso. Todos os adjetivos do mundo combinavam com a figura luminosa de Nuria. Como eu pudera trabalhar tantos anos em Z sem tê-la conhecido? A única explicação que encontro é que eu não morara em Z e Nuria até então havia passado longas temporadas fora, com uma bolsa do Comitê Olímpico Espanhol. Nos dias subseqüentes, concedam-me que a chame assim, sublime aparição, dediquei-me, quase sem perceber, a procurar um pretexto que permitisse, se não nossa amizade, pelo menos a possibilidade de nos cumprimentarmos, talvez conversar um pouco, quando nos encontrássemos na rua. Para tal fim inventei, vinculada ao Departamento de Feiras e Festas, a função de Rainha da Exposição Anual de Laticínios e Hortaliças, idéia que inicialmente causou estupor na comissão de agricultores que comercializavam os estandes, mas que depois de algumas explicações foi acolhida com entusiasmo. Da mesma maneira, sugeri que não havia ninguém com maior propriedade para encarnar a Rainha da Exposição do que Nuria, nossa patinadora internacional. Um papel protocolar e decorativo. Algumas palavras na inauguração e ponto. Todos ficaram encantados, e ato contínuo passei à parte mais difícil da coisa, conseguir que ela, a partir daquele pretexto, se dignasse a olhar para mim, a me reconhecer... Nem é preciso dizer que eu não dava a mínima para o destino da exposição; meu coração pela primeira vez se impunha ao meu cérebro, e eu o acompanhava obediente e entusiasta. Isso aconteceu na primavera, creio eu, e em nenhum momento deixei de pressentir que eu ia em direção ao abismo e à ruína, mas não me im-

25

portei. Se menciono isso, é simplesmente para não passar uma imagem distorcida da minha lucidez. Tampouco agora me importa. O coordenador de Feiras e Festas foi o encarregado de lhe oferecer a coroa e, como eu havia previsto, Nuria a recusou. Entre outras coisas, o coordenador me informou que a data da sua reintegração à equipe espanhola de patinação estava próxima. Portanto não havia tempo a perder. Eu tinha um motivo válido para me interessar por ela e naquele mesmo dia telefonei para Nuria e sem mais delongas marcamos um encontro num café da parte antiga de Z. Claro que não consegui convencê-la, nem era esse meu propósito, que fosse rainha, mas afinal consegui que aceitasse um convite para jantar comigo naquela semana. Foi assim que tudo começou. Nunca soube se houve rainha naquela primavera. Depois do primeiro jantar, outros se sucederam num ritmo enlouquecedor. Comecei a me relacionar com as pessoas com quem ela convivia, e pouco a pouco meus hábitos sociais foram mudando. Nossos encontros casuais eram cada vez mais freqüentes. Cada vez mais auspiciosos. Devo reconhecer que teria continuado assim o resto da vida, mas nada é duradouro. À medida que nossa amizade foi se aprofundando, comecei a perceber com maior nitidez os problemas de Nuria; problemas que, vistos sob certa ótica, não eram problemas, mas que seu temperamento artístico superestimava de imediato. Não mencionarei aqui as centenas de pequenos percalços que a vida começou a espalhar em seu caminho na época. Só lembrarei os dois que me parecem mais significativos. O primeiro me foi revelado certa noite depois de um agradável jantar em companhia de uns bons amigos, alguns dos quais agora se divertem cuspindo na minha cara. Ao irmos embora, Nuria mandou que eu tomasse o rumo das enseadas, em vez de ir diretamente para sua casa. Na mais distante, a enseada de San Belisario, começou a falar, de forma entrecortada e desalinhavada, sobre uma história de amor entre ela e um rapaz que eu não conhecia. Deduzi que tinham sido namorados. Deduzi que não eram mais. Pude notar sua dor e sua saudade. Ainda bem que dentro do carro estava escuro, senão ela teria lido em meu rosto desfigurado a profunda incredulidade, a aversão, inclusive, pela existência de um homem capaz de abandoná-la. Em todo caso posso dizer que com essa confidência, que a atormentava, fui promovido a amigo íntimo. Que palavras de consolo eu disse? Esqueça-o. Insisti uma, duas vezes para que o esquecesse e se dedicasse de corpo e alma ao que mais lhe importava, a patinação. O segundo problema estava relacionado precisamente com a patinação. Ocorreu uns dez dias depois de Nuria partir de Z. A equipe espanhola tinha se concentrado em Jaca, num centro de alto rendimento ainda em construção, de onde recebi um telefonema à meia-noite de uma Nuria debulhando-se num mar de lágrimas. Tinham lhe retirado a bolsa! Todos os miseráveis tinham se reunido em Jaca a fim de proporcionar, renovar e cortar bolsas! Claro, Nuria não foi a única a levar essa rasteira. Em poucas horas, ficaram sem trabalho dois treinadores nórdicos e um húngaro, além de vários espanhóis, e sem bolsas quase todos os patinadores com mais de dezenove anos. As exceções, segundo ela, eram dignas da maior suspeita. A notícia, no dia seguinte, saiu nas páginas internas dos jornais de esporte, numa só coluna, nas seções dedicadas aos esportes de inverno, e não mereceu a atenção dos jornais de alcance nacional. Mas para Nuria aquilo foi um golpe muito duro. A política da Federação Espanhola de Patinação era renovar-se ou morrer, coisa comum em nosso país e geralmente sem muita importância. Todos estamos acostumados a morrer de tempos em tempos e tão pouco a pouco, que a verdade é que cada dia estamos mais vivos. Infinitamente velhos e infinitamente vivos. No caso de Nuria, ela ficava afastada da equipe nacional, mas não da sua Federação Catalã, em cujas

27

instalações podia continuar treinando e competindo. Seu moral de esportista de elite, como é fácil supor, ficou fragilizado. Nem é preciso dizer que na nova seleção de patinação artística ela não tinha vez, se bem que, de acordo com as suas palavras, ela era superior às duas garotas que agora dividiam a liderança. Pouco depois pude averiguar, lendo jornais e telefonando a alguns jornalistas amigos, de Gerona, que a maioria dos patinadores catalães tivera a mesma sorte. Seria um caso de discriminação regionalista? Não sei, nem me importa saber, naquela altura da minha vida só tinha sentido o que tornava Nuria feliz ou infeliz. A nova situação de algum modo me era favorável, pois sem a bolsa ela teria que viver permanentemente em Z. Mas o amor não é egoísta, como descobri não faz muito, e o vazio de Nuria, sua dolorosa readaptação a um mundo em que já não haveria viagens ao exterior, no máximo uma viagem de trem duas vezes por semana à pista de patinação de Barcelona, conseguiu fazer sangrar meu coração. Quando ela voltou a Z, tivemos várias conversas, às vezes na minha sala, no horário de trabalho (ela era a única pessoa que podia chegar e me interromper na hora que quisesse; ela e Pilar, claro), outras vezes no porto dos pescadores, encostados em velhos barcos que ninguém mais usava e que curiosamente recendiam a creme de rosto, falando sempre da mesma coisa: o nepotismo dos dirigentes esportivos, a injustiça cometida com ela, seu talento que se evaporaria com o passar dos meses. Vocês se perguntam como fomos capazes de ficar repetindo a mesma coisa, uma insignificância no fim das contas, com tantas coisas importantes e talvez agradáveis que tínhamos para nos dizer? Nuria era assim, monotemática: quando tropeçava em alguma coisa que não entendia, martelava-a repetidas vezes na sua cabecinha loura até sangrar. E eu já havia aprendido que o melhor era ouvir e calar, a não ser que tivesse uma solução; mas o que podia fazer ante a insensível Federação de Patinação Artística? Nada, obviamente. Deixar que o tempo passasse. E enquanto isso saborear os instantes que passávamos juntos, que já eram diários, olhar para ela, aproveitar os dias maravilhosos de Z e ser feliz. Se me insinuei durante esse período? Nunca. Não sei se por falta de coragem, medo de estragar nossa amizade, indolência ou timidez, o fato é que achei prudente deixar uma margem mais ampla de tempo. A gente cava nossa própria sepultura, já ouvi dizer, mas enquanto isso eu era o perfeito *chevalier servant*, o que não me desagradava. Íamos ao cinema, beber ou passear de carro, às vezes jantávamos na sua casa, com sua mãe e uma irmãzinha de dez anos, Laia, que me recebiam, não sei, como o namorado ou o futuro namorado, suponho, nunca pude entender direito, de todo modo sempre de forma muito amável e familiar. Depois de jantar assistíamos um vídeo, geralmente era eu que levava, ou ficávamos a sós na salinha vendo seu álbum de recortes e fotos. Eram noites agradáveis. Muitas vezes pensei que eu deveria ter parado naquele ponto, deveria ter me dito fico por aqui, sou feliz, que mais posso querer; mas o amor, que não entende de razões nem de paradas, me empurrava para a frente. Foi assim que fatalmente começou a tomar forma o projeto do Palácio Benvingut...

# Remo Morán:

## *Agora não adianta mais tentar consertar o que não tem conserto*

Agora não adianta mais tentar consertar o que não tem conserto, só me proponho a esclarecer minha participação nos fatos ocorridos no verão passado em Z. Não me peçam para falar de maneira comedida e distanciada, afinal essa é a minha cidade e, ainda que agora talvez precise ir embora, não quero fazê-lo deixando para trás um amontoado de equívocos e enganos. Não sou, como se vem dizendo, testa-de-ferro de nenhum narcotraficante colombiano, não pertenço a nenhuma máfia latino-americana de traficantes de mulheres, não tenho relações com a variante brasileira do sadomasoquismo, embora, confesso, não me desagradaria que tudo isso fosse verdade. Sou apenas um homem que teve muita sorte e também sou, ou era, escritor. Cheguei a este vilarejo há anos, numa época em que a minha vida me parecia obscura e medíocre. Para que falar dela? Basta dizer que eu havia trabalhado como camelô em Lourdes, Pamplona, Saragoça e Barcelona, e tinha algumas economias. Poderia ter me estabelecido em qualquer lugar, o acaso quis que eu o fizesse em Z. Com o dinheiro economizado aluguei um ponto comercial que transformei em loja de bijuterias, o local mais barato que pude encontrar e que consumiu até a minha última peseta. Logo me dei conta de que, devido às minhas constantes viagens a Barcelona em busca de mercadoria, que de resto eu comprava em quantidades irrisórias, ia ser impossível tocar o negócio sem ajuda e me foi necessário arranjar um empregado. Precisamente numa dessas viagens encontrei Álex Bobadilla. Eu voltava no trem da tarde com quatro mil pesetas em bijuterias, e ele lia com enlevo o *Guia do andarilho*; do seu lado, num assento vazio, havia uma mochila pequena e velha da qual sobressaía um volumoso pacote de amendoim. Álex comia e lia, mais nada; parecia um monge budista que tinha decidido virar escoteiro ou vice-versa; parecia também um macaco. Depois de observá-lo com atenção perguntei a ele se viajava para o estrangeiro. Respondeu que era o que contava fazer quando acabasse o verão, em setembro ou outubro, mas que antes precisava arranjar trabalho. Ofereci-lhe de imediato. Foi assim que começou nossa ascensão nos negócios e nossa amizade. No primeiro ano, Álex e eu dormimos na própria loja, no chão, junto com as bancas onde de dia exibíamos colares e brincos. Ao terminar a temporada, em setembro, o balanço foi ótimo. Podia ter guardado o dinheiro, conseguido um apartamento decente ou ido embora de Z, mas o que fiz foi alugar um bar que por causas desconhecidas tinha quebrado. Esse bar é o Cartago. Fechei a loja e durante o inverno trabalhei no bar. Álex ficou comigo, ausentando-se somente um fim de semana em que foi visitar os pais, uns velhinhos muito simpáticos, aposentados, que dedicam o tempo livre à horta que têm em Badalona e que costumam vir a Z uma vez por mês; na verdade, parecem mais seus avós do que seus pais. Naquele inverno transformamos a loja em nossa casa, quer dizer, tínhamos lá nossos colchonetes e sacos de dormir, nossos livros (embora nunca tenha visto Álex ler outra coisa que não fosse o *Guia do andarilho*) e nossa roupa. O Cartago nos deu o que comer e no verão seguinte tínhamos dois negócios funcionando. A loja de bijuterias, já consolidada, deu dinheiro, mas o bar deu muito mais. Meu segundo verão em Z foi estupendo, todo mundo queria viver sem restrições seus quinze dias ou sua semana de felicidade, como se a Terceira Guerra Mundial estivesse por estourar. No fim da temporada aluguei outra loja de bijuterias, desta vez em Y, a poucos quilômetros de Z, e também me casei, mas disso falo mais adiante. A temporada seguinte não ficou nada a dever às anteriores e pude pôr um pé em X, um pouco mais ao sul de Y, mas suficientemente perto de Z para que Álex controlasse diariamente o movimento do caixa. Três temporadas depois eu já estava divorciado, e nessa época tocávamos a pleno vapor, além do bar e das lojas, um camping, um hotel e outras duas lojas, em que alternava a venda de bijuterias com os suvenires e protetores solares. O hotel, pequeno mas confortável, se chamava Del Mar. O camping tem como nome Stella Maris. As lojas: Frutas de Temporada, Sol Nascente, Bucaneiro, Costa Brava e Montané e Filhos. Não é preciso dizer que não mudei os nomes originais. O Del Mar pertence a uma viúva alemã. O Stella Maris é de uma antiga família de Z, gente boa, que no começo tentou explorar o camping mas, ante os péssimos resultados, optou por alugá-lo; na realidade, desejariam vender o terreno mas ninguém se atreve a comprá-lo pois não se pode construir ali. Algum dia, sem dúvida, todos os campings de Z serão transformados em hotéis e edifícios de apartamentos, então terei que decidir entre comprar ou cair fora. Provavelmente quando chegar esse dia já estarei longe daqui. Minha primeira loja, como o nome indica, foi de legumes e verduras. Das outras pouco posso dizer: Montané e Filhos é a de passado mais obscuro. Quem são ou eram o senhor Montané e seus filhos? A que se dedicavam? O local foi alugado de uma imobi-

liária, mas até onde sei o proprietário não se chama Montané.
Às vezes digo a Álex, só por dizer, que naquele local deve ter
funcionado uma agência funerária ou uma loja de antiguida-
des, ou uma loja dedicada à caça esportiva, ocupações, todas elas,
que repugnam profundamente meu ajudante. São pouco sociais, ele diz. Dão azar. Pode ser que tenha razão. Se Montané
e Filhos foi uma loja de caçadores, é possível que tenha atraído
sobre mim um pouco do azar do qual antes estava livre... O sangue... O assassinato... O medo da vítima... Lembro-me de um
poema, faz tempo... O assassino dorme enquanto a vítima o fo-
tografa... Terei lido em algum livro ou escrito eu mesmo...?
Francamente, esqueci, mas creio que fui eu que escrevi, na Cidade do México, quando meus amigos eram os poetas de ferro,
e Gasparín aparecia nos bares do bairro de Guerrero ou da rua
Bucareli, depois de andar de uma ponta da cidade à outra, procurando o quê? Procurando quem...? Os olhos negros de Gasparín no meio da neblina mexicana: por que será que ao pensar
nele a paisagem adquire contornos antediluvianos? Enorme e
lento; dentro e fora dos miasmas... Mas talvez eu não o tenha
escrito... O assassino dorme enquanto a vítima o fotografa, o que
acham? No lugar mais adequado para o crime, o Palácio Benvingut, claro...

# Gaspar Heredia:
## Às vezes, quando eu ia até a cerca do camping

Às vezes, quando eu ia até a cerca do camping, de madrugada, eu o via sair da discoteca do outro lado da rua, bêbado e sozinho, ou com gente que eu não conhecia, tampouco ele, a julgar pela sua atitude retraída, pelos seus gestos de astronauta ou náufrago. Uma vez eu o vi em companhia de uma loura, e essa foi a única ocasião em que me pareceu alegre, a loura era bonita e os dois davam a impressão de ser os últimos a sair da discoteca. As poucas vezes que me viu nos cumprimentamos levantando a mão, e foi tudo. A rua é larga e nessas horas costuma ter um ar espectral, com as calçadas cheias de papel, restos de comida, latas vazias e vidros quebrados. De tanto em tanto você encontra uns bêbados que peregrinam para os respectivos hotéis e campings, e que terminam, a maioria, perdidos, dormindo na praia. Uma vez Remo atravessou a rua e me perguntou por entre as grades da cerca se o trabalho ia bem. Falei que sim e nos demos boa-noite. Não nos falávamos muito, ele quase não aparecia no camping. Bobadilla é que vinha todas as tardes, antes que eu começasse meu turno, e ficava um tempo olhando os livros e os arquivos. Com Bobadilla nunca cheguei a ter intimidade, cada quinze dias recebia meu pagamento e a isso se resumia nosso contato, um contato cortês, é verdade. Remo e Bobadilla, este em menor grau, eram apreciados por seus empregados: pagavam bem e sabiam se mostrar compreensivos se vez ou outra surgia algum problema. Os recepcionistas, uma moça de Z e um peruano que também era eletricista, e as três mulheres da limpeza, entre as quais havia uma senegalesa que em espanhol só sabia dizer olá e adeus, trabalhavam, dentro do possível, num ambiente descontraído que inclusive propiciava os romances: o peruano e a recepcionista tinham um caso. De todo modo, problemas entre empregados e patrões eram mínimos, e problemas entre empregados não existiam. Uma das causas possíveis dessa harmonia podia ser o caráter atípico do grupo que trabalhava ali: três estrangeiros sem visto de trabalho e três velhos espanhóis a quem em nenhum outro lugar queriam dar trabalho, e o quadro estava quase completo. Não sei se nos demais negócios de Remo o pessoal tinha características semelhantes, suponho que não. Das mulheres da limpeza só Miriam, a senegalesa, dormia fora do camping. As outras duas, Rosa e Azucena, eram da periferia de Barcelona e dormiam numa barraca de dois quartos perto do banheiro principal. Irmãs e viúvas, completavam o orçamento com faxinas em domicílio arranjadas por uma agência de aluguéis de apartamentos. Aquele era o primeiro verão que estavam no Stella Maris; no ano anterior haviam trabalhado para outro camping de Z, do qual foram despedidas por causa do segundo emprego, que as obrigava a se ausentarem quando mais precisavam delas. Apesar de cada uma trabalhar uma média de quinze horas por dia, ainda lhes sobrava tempo, à noite, para tomar umas e outras à luz de um lampião a gás de botijão, sentadas em cadeiras de plástico à entrada da sua barraca, enquanto espantavam os mosquitos e conversavam sobre as suas coisas. Basicamente sobre como os seres humanos são porcos. A merda, maleável, quase uma linguagem que tentavam em vão deslindar, estava presente em todos os seus bate-papos noturnos. Por elas soube que as pessoas cagavam nos chuveiros, no chão, dos dois lados da privada e na borda desta, operação de equilíbrio preciso, não isenta de certo virtuosismo simples e profundo. Com merda escreviam nas portas e com merda sujavam as pias. Merda primeiro cagada, depois transportada para lugares simbólicos e visíveis: o espelho, o extintor, as torneiras; merda amassada, depois grudada formando figuras animais (girafas, elefantes, Mickey Mouse), lemas futebolísticos, órgãos humanos (olhos, corações, pênis). O cúmulo da indignação, para as irmãs, era que no banheiro feminino acontecia a mesma coisa, ainda que com menor incidência e com alguns detalhes significativos que faziam recair sobre uma pessoa em particular a autoria de tais excessos. Uma "porca malvada" que elas estavam dispostas a caçar. Com tal objetivo as irmãs montaram, junto com a senegalesa, uma discreta vigilância baseada no tenaz e aborrecido método do descarte. Isto é, observavam atentamente quem usava o banheiro e imediatamente depois entravam para verificar o estado em que fora deixado. Foi assim que descobriram que as estripulias fecais ocorriam a certa hora da noite e que a principal suspeita era uma das duas mulheres que eu costumava ver no terraço do bar. Rosa e Azucena levaram a denúncia aos recepcionistas, estes contaram ao Carajillo, e o Carajillo me disse que falasse com a supracitada e que, numa boa, sem ofender, fizesse o que pudesse. A tarefa não era fácil, como vocês hão de compreender. Naquela noite esperei no terraço até todos irem embora. Como sempre, as duas mulheres foram as últimas a ir, sentadas no extremo oposto à minha mesa, semi-ocultas sob uma árvore enorme cujas raízes haviam rachado o cimento do terraço. Como se chamam essas árvores? Plátano? Pinheiro-italiano? Sei lá. Aproximei-me delas levando meu copo numa mão e minha lanterna de vigia na outra; só quando cheguei a menos de um metro deram mostras de ter notado minha presença. Perguntei se podia me sentar com elas. A velha soltou uma risadinha e disse que claro que sim, bonitão. As duas estavam com as mãos limpas. Ambas pareciam desfrutar a fresca da noite. O que eu podia dizer? Só coisa à-toa. Uma atmosfera de estranha dignidade as cobria, protegeredo-as. A moça era silenciosa e obscura. A velha, pelo contrário, era faladeira e tinha a cor da lua, de uma lua cheia de farpas que despencava. De que falavam daquela primeira vez? Não me lembro. Nem mesmo um minuto depois de deixá-las eu teria conseguido lembrar. Com nitidez, com extrema nitidez, só aparecem as risadas da velha e os olhos vagos da moça. Como se olhasse para dentro? Talvez. Como se houvesse dado férias aos olhos? Talvez, talvez. E a velha enquanto isso falava e sorria, palavras enigmáticas, como que em código, como se tudo que ali havia, as árvores, a superfície irregular do terraço, as mesas desocupadas, os reflexos perdidos na marquise do bar, estivessem se apagando progressivamente e só as duas percebessem. Pensei que uma mulher assim não poderia ter feito aquilo que lhe era imputado e que, se de fato houvesse feito, teria as suas razões. Lá em cima, nos galhos das árvores, entre o tremor das folhas, os ratos do camping realizavam seus exercícios noturnos. (Ratos e não esquilos, como acreditei na primeira noite!) Então a velha começou a cantar, nem muito alto nem muito baixo, como se a sua voz, em consideração a mim, também caísse prudentemente de entre os galhos. Uma voz estudada. Embora eu não entenda nada de ópera, acreditei distinguir trechos de diferentes árias. Contudo, o mais notável era que também cantava em diversos idiomas, fragmentos diminutos que ela encadeava sem dificuldade, borboleteios para o meu exclusivo deleite. E digo para o meu exclusivo deleite porque a moça se manteve ausente o tempo todo. Às vezes levava a ponta dos dedos aos olhos, e mais nada. Enferma, entre os trinados da cantora, mantinha-se dona de uma notável força de vontade que a absteve de tossir enquanto a velha cantava. Olhamo-nos nos olhos em algum momento? Não, creio que não, mas é possível. E se olhei para ela pude notar que o seu rosto tinha a propriedade de uma borracha para apagar. Ia e voltava! Tanto e de forma tão pronunciada, que até a iluminação do camping começou a piscar, a crescer e diminuir, não sei se ao ritmo dos meus encontros com seu rosto ou acompanhando o diapasão da voz da cantora. Por um instante senti uma coisa semelhante ao arrebatamento: as sombras se encompridavam, as barracas se inchavam como tumores incapazes de se soltar do cascalho, o brilho dos carros se metalizava até a dor pura. Longe do terraço, no cruzamento que leva para fora, vi o Carajillo. Parecia uma estátua, mas eu sabia que sem dúvida nos observava fazia um tempinho. Então a velha disse alguma coisa em alemão e cessou o canto. O que achou, bonitão? Respondi que muito bonito e me levantei. A moça não ergueu o olhar do seu copo. Gostaria de tê-las convidado para beber ou comer alguma coisa, mas o bar do camping fazia muito que estava fechado. Desejei-lhes boa-noite e me afastei. Ao chegar ao cruzamento o Carajillo não estava mais. Encontrei-o sentado na recepção. Estava com a televisão ligada. Perguntou-me, como sem dar maior importância, o que havia acontecido. Disse que não acreditava que aquela mulher fosse a cagona que Rosa e Azucena procuravam. Lembro-me de que o programa era uma transmissão de um torneio de golfe no Japão. O Carajillo olhou para mim com tristeza e disse que sim, que tinha sido ela, mas que não tinha importância. Que íamos dizer às mulheres da limpeza? Diríamos que estávamos nesse pé, que havia mais suspeitas, que aquele era um problema para refletir, quem sabe teríamos alguma idéia...

38

# Enric Rosquelles:

## *Dizem que Benvingut emigrou no final do século passado*

Dizem que Benvingut emigrou no final do século passado, voltou depois da Primeira Guerra Mundial e construiu o palácio nos arredores do vilarejo, sob o despenhadeiro, na enseada que hoje é conhecida como enseada Benvingut. Na cidade velha tem uma rua com seu nome: carrer Joan Benvingut. Uma padaria, uma floricultura, uma cestaria, e uns poucos apartamentos velhos e úmidos mantêm a memória desse catalão insigne. O que Benvingut fez por Z? Voltar, parece, e transformar-se em exemplo tangível de um filho do vilarejo que enriquece na América. Esclareço previamente que não sou fã dessa classe de herói. Admiro quem trabalha e não ostenta seu dinheiro, admiro quem moderniza sua terra natal e é capaz de dotá-la do necessário, por maiores que sejam as dificuldades que surjam no caminho. Pelo que sei, Benvingut não era nada disso tudo. Filho de pescadores, de pouca educação, ao regressar se transforma no manda-chuva de Z e num dos homens mais ricos da província. Claro, foi o primeiro a ter um carro. Também foi o primeiro a instalar em sua casa uma piscina e uma sauna. O palácio foi projetado, em parte, por um arquiteto famoso daqueles anos, López i Porta, um epígono de Gaudí, e pelo próprio Benvingut, o que constitui uma explicação válida para o caráter labiríntico, caótico, hesitante, dos andares. Aliás, quantos andares tem o Palácio Benvingut? Pouca gente sabe ao certo. Visto do mar parece ter dois e produz, além disso, a impressão de afundar, como se se assentasse em areias movediças, e não em pedra viva. Da entrada principal ou do caminho que atravessa o jardim do solar, o visitante poderia jurar que são três andares. Na realidade, tem quatro. O engano se deve à disposição das janelas e ao desnível do terreno. Do mar, observam-se o terceiro e o quarto andar. Da entrada, o primeiro, o segundo e o quarto. Quantas tardes agradáveis passei ali com Nuria quando o projeto do Palácio Benvingut era somente isso, um projeto, uma possibilidade capaz de insuflar no meu espírito a poesia e a entrega que eu acreditava serem inerentes ao amor! Com que assombrosa felicidade percorremos os cômodos, abrindo sacadas e armários, descobrindo pátios internos aconchegantes e estátuas de pedra cobertas pelo mato! Depois, cansados, no fim da excursão, como era agradável nos sentarmos à beira do mar e dar conta dos sanduíches que Nuria havia preparado. (Para mim, uma lata de cerveja, para ela água mineral em *tetrabrik*!) Durante aquelas noites intermináveis muitas vezes me perguntei o que foi que me impeliu a levá-la pela primeira vez ao Palácio Benvingut. A culpa, à parte o amor que lamentavelmente procura ser ameno e mete os pés pelas mãos, é de *A lagoa azul*. Sim, estou falando do velho filme com Brooke Shields. Para dizer a verdade, e como dado curioso, devo confessar que toda família Martí adorava *A lagoa azul*: a mãe, Nuria e Laia eram fervorosas consumidoras das aventuras de Brooke e Nick no Paraíso. Viram *A lagoa azul*? Eu tive de engolir umas cinco vezes, em vídeo, na salinha de estar da casa dela, mas nunca pude perceber quais eram seus méritos cinematográficos. A alegria que me dava inicialmente, não o filme, mas o perfil de Nuria contemplando aqueles jovens asselvajados, converteu-se, de tanto rodar a fita, em insegurança e medo. Nuria desejava viver, pelo menos quando púnhamos o maldito vídeo, na ilha de Brooke Shields! Sua beleza angelical, seu corpo perfeito e atlético não ficavam devendo nada à comparação, à mudança de paisagem. Quem se dava mal com essa extrapolação era eu. Se Nuria tinha direito de viver naquela ilha, também tinha direito a um companheiro alto, forte, bonito, para não dizer jovem, como o do filme. Nesse elenco, devo admitir, eu só podia aspirar a ser Peter Ustinov. (Numa ocasião, Laia disse, referindo-se a Ustinov, que era um gordo bom apesar de parecer um gordo mau. Vesti a carapuça. Enrubesci.) Como comparar minha banha, meus desgraciosos pneus, com os bíceps duros de Nick? Como comparar minha estatura, abaixo da média, com o metro e oitenta, no mínimo, do louraço? O caso objetivamente era ridículo. Qualquer outro teria rido de tais temores. Mas sofri como nunca. A roupa e o espelho se transformaram em deuses benevolentes mas terríveis. A partir de então, tentei correr de manhã, fazer musculação no ginásio, experimentar dietas de emagrecimento. O pessoal do trabalho começou a notar algo diferente em mim, como se eu estivesse rejuvenescendo. Tenho uma dentadura esplêndida! Meus cabelos não estão caindo! Consolos de psicanalista que eu me dava diante do espelho. Tenho um salário extraordinário! Uma carreira promissora! Mas teria trocado tudo isso para ficar com Nuria e ser como Nick. Pensei então que o Palácio Benvingut era como uma ilha, e levei Nuria até lá. Levei-a para a minha ilha. Boa parte da fachada e das duas torres que saem dos anexos é revestida de azulejos. Azul-marinho na parte inferior e azul-celeste na parte superior, em ambas as torres. Quando o sol bate em cheio nelas, o passante pode vislumbrar um brilho azul, uma escadaria azul que se levanta em direção às colinas. Primeiro contemplamos o palácio resplandecente, do carro, numa volta da estrada, depois convidei-a para entrar. Como eu tinha as chaves? Nada mais fácil: havia anos o palácio pertencia à prefeitura de Z. Trêmulo, pedi que Nuria expressasse sua opinião. Achou tudo maravilhoso. Tão bonito quanto a ilha de Brooke Shields? Muito mais! Pensei que eu fosse desmaiar. Nuria dançava pelo salão, cumprimentava as estátuas, ria o tempo todo. O passeio pela casa se prolongou e não demoramos a descobrir, sob um galpão gigantesco, a lendária piscina de Joan Benvingut. Coberta de sujeira, como um catador de lixo, a piscina, outrora branca, pareceu me reconhecer, me cumprimentar. Imóvel, incapaz de quebrar o encanto, fiquei ali, enquanto Nuria já corria pelos outros cômodos. Eu nem conseguia respirar. Diria que foi então que nasceu o projeto, em suas linhas mestras, mas sempre soube que acabariam me descobrindo...

# Remo Morán:

## *Conheci Lola em circunstâncias extraordinárias*

Conheci Lola em circunstâncias extraordinárias, durante meu primeiro inverno em Z. Alguém, uma alma caridosa ou diabólica, alertou os Serviços Sociais da cidade e, num meio-dia luminoso, ela apareceu na loja fechada. Pelas vidraças pôde me ver. Eu estava sentado no chão, lendo, como fazia todas as manhãs, e seu rosto, do outro lado da vitrine, pareceu-me sereno e magnífico como uma mancha solar. Se eu tivesse sabido que era a assistente social e que vinha a trabalho, sem dúvida não a teria achado tão bonita. Mas disso eu só soube depois de levantar para abrir a porta e lhe dizer que a loja estaria fechada até maio. Com um sorriso que não esquecerei disse que não queria comprar nada. Sua visita era motivada por uma denúncia. O quadro era mais ou menos o seguinte: um menor, Álex, que não ia à escola; seu irmão mais velho ou seu pai, eu, que não fazia nada que prestasse, salvo ler quando o sol esquentava as prateleiras; uma loja em pleno bairro turístico correndo o risco de virar barraco por culpa de uns sul-americanos relapsos. Sem entrar em outro tipo de considerações, quem fizera a denúncia estava à beira da cegueira. Levei-a imediatamente ao Cartago, a poucos passos dali, onde, na ausência de clientes, Álex relia pela centésima vez a lista de lugares sórdidos de Istambul. Depois das apresentações, nós a convidamos para tomar um conhaque, depois Álex comprovou, de carteira de identidade na mão, sua maioridade. Lola começou a dizer que lamentava muitíssimo, que esses erros eram comuns. Pedi-lhe então que voltássemos à loja para que visse que não era nenhum barraco. E, já embalado, mostrei-lhe os livros que lia, contei-lhe quem era meu poeta catalão favorito, que poetas espanhóis eu mais admirava, enfim, o papo de sempre. De todo modo, ela não entendeu por que morávamos na loja, e não num apartamento ou numa pensão. Daquele incidente tirei algumas conclusões. Primeiro, que os sul-americanos eram vistos com certo receio; segundo, que a prefeitura de Z não queria comerciantes dormindo no chão das suas lojas; terceiro, que Álex estava adquirindo o meu sotaque, o que era preocupante. Lola tinha naquela época uns vinte e dois anos, era voluntariosa e inteligente, mas não muito, claro, senão não teria se envolvido comigo. Era alegre, mas também responsável e tinha enorme disposição para a felicidade. Acho que não fomos infelizes. Gostamos um do outro, começamos a sair, ao fim de uns meses nos casamos, tivemos um filho, e quando o menino fez dois anos nos divorciamos. Com ela conheci pela primeira vez o mundo dos adultos, mas isso eu só soube depois de nos separarmos. Eu era um adulto, vivia entre adultos, meus problemas e desejos eram de adulto, eu reagia como adulto, até os motivos da nossa separação foram inequivocamente adultos. A ressaca subseqüente foi longa e, em certas ocasiões, dolorosa, mas teve a vantagem de me reintegrar a uma impermanência no fundo desejada. Já disse que o chefe de Lola era Enric Rosquelles? Enquanto vivemos juntos pude forjar uma idéia aproximada do sujeito. Repelente. Um tiranete cheio de medos e manias, crente que é o centro do mundo, quando a única coisa que conseguia ser era um gordinho nojento propenso a fazer cara de choro. Quis o acaso que seu ódio por mim fosse natural e instantâneo. Não fiz nada para alimentar sua birra (só nos vimos três vezes), que eu sabia irracional e constante. A seu modo, sub-reptício, tentou me passar rasteiras em múltiplas ocasiões: vigiando o estrito cumprimento dos horários de fechamento, procurando falhas nas minhas licenças fiscais, atiçando os fiscais do trabalho; mas seus tiros saíram todos pela culatra. O que inspirava tão assídua caçada? Imagino que alguma observação banal da minha parte, algum comentário pouco delicado, que me passou despercebido, mas que é provável que o tenha ofendido profundamente. Desconfio que esse comentário foi feito diante não apenas de Lola mas da equipe completa dos Serviços Sociais de Z. Lembro-me vagamente de uma festa, o que eu fazia nela mesmo? Não sei, acompanhava Lola, suponho, mas é estranho: nós dois tínhamos os respectivos círculos de amizade bem delimitados, ela tinha seus amigos de trabalho, entre os quais estava Rosquelles, e eu tinha Álex e pessoas que iam beber no Cartago, a tristeza pura. O caso é que devo ter ofendido Rosquelles. Para um sujeito da laia dele, uma observação talvez algo maliciosa, talvez um pouquinho mal-intencionada, pode alimentar indefinidamente o rancor. De qualquer maneira, sua antipatia nunca saiu dos limites burocráticos convencionais. Pelo menos até o verão passado. Então, incompreensivelmente, pareceu enlouquecer. Seu comportamento se tornou mais extravagante do que de costume, e seus subordinados, segundo Lola me contou, só desejavam que as férias chegassem logo. Sua xenofobia anti-sul-americana tinha um destinatário preciso. Por muitos dias e muitas noites senti sua agitada sombra ao meu redor, um frufru maligno de porco alado, como se desta vez estivesse armando uma cilada eficaz. A situação era, de certa maneira, interessante e digna de estudo, se bem que naqueles dias a única coisa que me interessava de verdade era Nuria Martí. Que me importava que Rosquelles estivesse manifestamente nervoso e espumando de raiva. O caso, um triângulo muito original, poderia ter sido divertido, mas a morte raramente o é. Creio que durante todos os anos que passei enterrado em Z estive me preparando para encontrar o cadáver...

# Gaspar Heredia:

## A cantora de ópera nunca esteve legalmente hospedada

A cantora de ópera nunca esteve legalmente hospedada no camping, nem seu nome foi inscrito no registro da recepção e nunca em sua vida pagou uma peseta para dormir ali ou em qualquer outro lugar. As mulheres da limpeza não sabiam disso, nem os recepcionistas; só o Carajillo e eu. O nome dela era Carmen, e desde o início da primavera até meados do outono passava o dia em Z, dormindo onde podia e onde a deixavam, debaixo das barracas de sorvete na praia ou na casa de lixo de alguns edifícios. O Carajillo a conhecia bem e parecia gostar dela, ainda que, quando eu o interrogava sobre ela, suas respostas costumassem ser ambíguas; deviam ter a mesma idade e isso às vezes importa. Ganhava a vida cantando nos terraços dos cafés e pelas ruas do centro antigo. Do seu variado repertório, dizia que era a única recordação que guardava dos anos gloriosos. Seu triunfo absoluto chamava-se "Nápoles" e datava de uma época faustosa e terrível sobre a qual nunca entrava em detalhes, mas tanto cantava Mozart quanto José Alfredo Jiménez. As pessoas a recompensavam dando-lhe moedas de cem pesetas. Mais do

que uma amizade, a relação entre Carmen e a moça se assemelhava a um peculiaríssimo compromisso. Às vezes pareciam mãe
e filha, ou avó e neta, às vezes duas estátuas postas por acaso
uma ao lado da outra. A moça atendia pelo nome de Caridad,
e era ela que todas as noites fazia a velha entrar de contrabando
sob o olhar distraído do Carajillo. Ambas compartilhavam uma
barraca perto das canchas de bocha e tinham o costume de dormir tarde e acordar tarde. Não era difícil reconhecer de longe a
barraca das duas mulheres; o lixo, melhor dizendo, uma série
inclassificável de objetos usados e inúteis, não propriamente jo-
gados fora, se amontoava formando cones de trinta centímetros
de altura ao longo do perímetro da barraca, como ameias de uma
fortaleza miserável. Francamente, só por milagre não choviam
queixas diariamente. Talvez os vizinhos de Caridad fossem turistas de passagem ou já estivessem fartos de se irritar sem nenhum resultado. Na recepção, era ela que encabeçava a lista de
devedores (devia dois meses) e, segundo o peruano, logo iam
pedir que deixasse o camping. Não seria melhor lhe oferecer um
trabalho? Os recepcionistas tinham pensado nisso, mas quem
devia tomar a decisão era Bobadilla, e este, ao que parece, tinha
medo da moça. Segundo o peruano, não era raro ver Caridad
armada com uma faca. Recusei-me a acreditar, embora sobre a
minha incredulidade tenha se imposto uma imagem cheia de
sugestões: Caridad vagava pelo vilarejo (que eu mal conhecia,
porque quase não saía do camping) com uma faca de cozinha
debaixo da camiseta, os olhos vagos contemplando uma coisa
que ninguém podia enxergar. A faca tinha uma história, conforme eu soube depois. Caridad chegara ao Stella Maris em companhia de um namorado, antes do começo da temporada. Os
primeiros dias foram dedicados à procura de trabalho. Naquele
mês chovera como nunca, conta o Carajillo (eu estava em Barcelona e me lembro vagamente do som da chuva na janela do

meu quarto), e já então Caridad começou a tossir e a adquirir sua aparência de doente. Não tinham dinheiro e se alimentavam basicamente de iogurte e frutas. Às vezes se embriagavam com cerveja e passavam o dia inteiro metidos na barraca, lamentando-se e consolando-se. Logo encontraram trabalho num bar do Paseo Marítimo, os dois na cozinha, lavando pratos, mas quinze dias depois Caridad regressou ao camping no meio do dia e não voltou a trabalhar. E logo começaram as brigas. Uma noite houve uma perseguição até as taquaras, o Carajillo ouviu o barulho lá da recepção e, passando pela piscina, foi ver o que acontecia. Encontrou Caridad cheia de arranhões, caída no chão, imóvel, quase sem respirar. Não estava morta, como pensou o Carajillo; estava de olhos abertos e olhava para a relva e a terra arenosa; demorou a perceber que alguém queria ajudá-la. Outras vezes os gritos provinham da barraca e quem os ouvia não podia dizer com segurança se eram de dor ou de felicidade. O rapaz era pálido e vestia sempre camisas de manga comprida. Tinha uma moto, que era o veículo com que haviam chegado ao camping, mas após se instalarem lá raramente a usaram. Caridad gostava de caminhar, caminhar sem rumo ou ficar absolutamente imóvel; ele talvez preferisse economizar o dinheiro do combustível. Nenhum dos dois passava dos vinte anos e tinham o aspecto de desesperados terminais. Uma noite ela apareceu no terraço do bar com uma faca, sozinha, e na manhã seguinte seu namorado saiu do Stella Maris e nunca mais voltou. Pelo menos era essa a versão mais difundida, a que Bobadilla tinha ouvido ao chegar de tarde para bendizer o andamento do negócio. Caridad passava pouco tempo no camping. Certa noite o Carajillo a viu chegar com Carmen, e não disse nada. Na noite seguinte impôs a elas uma só condição para fazer vista grossa: que a velha não cantasse. Na amizade das duas mulheres se aliavam em partes iguais o acaso e a necessidade. Carmen pagava os cafés com leite, Caridad oferecia a barraca e um lugar para dormir; durante o resto do dia faziam companhia uma à outra e vagavam por Z de um canto a outro. A velha se esgoelava cantando, Caridad contemplava as pessoas, os guarda-sóis, as mesas cobertas de refrescos. Ambas odiavam a praia e o sol. Certa vez, a velha, que era a única que falava, me confessou que tomavam banho de mar de noite, nas pedras, completamente nuas. A lua é boa para a pele, bonitão! De madrugada, enquanto ouvia os roncos do Carajillo, imaginava Caridad ajoelhada na areia, nua, atenta a uma tosse que parecia surgir do próprio mar. Nunca consegui que sorrisse para mim, apesar de eu ter feito todo possível. Antes de começar a trabalhar, eu comprava cervejas, sanduíches e batatas fritas no supermercado ali perto, para poder convidá-las à noite, no terraço. Uma vez esperei com um pacote de sorvete e três colherinhas de plástico. O sorvete estava quase derretido, mas tomamos assim mesmo. A velha agradecia esses pequenos presentes beliscando meu braço ou me dando apelidos. Para Caridad, era como ver um filme projetado no céu. Com o passar dos dias, o verão trouxe a Z uma leva completa de turistas e tive cada vez menos tempo para ficar com elas. Era como se, com a chegada das pessoas, elas se afastassem, andando para trás, para fora do mundo. Certa noite soube que Bobadilla e o peruano haviam posto as duas no olho da rua. O Carajillo saiu do incidente levando uma leve bronca, e o assunto morreu aí. A barraca das duas estava agora no depósito, de garantia, até que liquidassem a dívida. Naquela mesma noite entrei no depósito sem que ninguém me visse e procurei com a lanterna até encontrar a barraca, largada num canto. Sentei-me ao lado dela e enfiei os dedos nas dobras do pano. Dentro do depósito recendia a gasolina. Pensei que nunca mais as veria...

50

# Enric Rosquelles:

## *Encontrei um encanador, um funileiro, um carpinteiro*

Encontrei um encanador, um funileiro, um carpinteiro, pus todos sob as ordens do único mestre-de-obras de Z em que eu podia confiar, um ser impiedoso e mesquinho, e dei andamento ao projeto do Palácio Benvingut. Levantei dinheiro de onde só havia pedras, ninguém quis verificar o destino daquelas despesas ou frações de despesas, ninguém neste vilarejo de desconfiados se atreveu a desconfiar; eu não menti, pelo menos não menti sempre. Consegui que Pilar e três conselheiros acreditassem que as minhas obras seriam benéficas para o povoado. O mestre-de-obras não tinha uma idéia completa do que eu pretendia fazer (é um homem de direita, de extrema direita até, e sempre temi que me chantageasse). Por que recorri a ele e não a outro? Qualquer outro teria dado com a língua nos dentes, é óbvio. Numa biblioteca de Barcelona encontrei o projeto que procurava. Desenhei-o com paciência, até compreender seu funcionamento. Logo começaram a chegar os operários, e a eletricidade voltou ao Palácio Benvingut. Tornei público entãc, mas de forma vaga e educada, como se pretendesse receber mais tarde os parabéns, o objetivo e o alcance das reformas levadas a cabo. Fixei em cinco anos a conclusão das obras e predisse que elas impulsionariam as atividades dos seguintes departamentos: Serviços Sociais, Educação, Feiras e Festas, Cultura, Saúde (!), Participação Cidadã, Juventude e... Defesa Civil (!). Perdoem-me por não conter o riso. Como puderam engolir tudo que lhes disse, é um mistério da natureza humana. Só um funcionariozinho de Feiras e Festas se atreveu a me perguntar (agora sei que sem malícia) se eu planejava construir um abrigo atômico na base rochosa do palácio. Fulminei-o com o olhar e o pobre coitado se arrependeu de ter aberto a boca. Que inocentes e burros foram todos! Em menos de um ano o projeto estava acabado. Para alimentar a ficção e porque a longo prazo pensava habilitar o palácio para o bem comum (se bem que agora ninguém acredite em mim), mantive lá uns desempregados que continuaram limpando outras alas do casarão, das oito da manhã às duas da tarde. Claro, eles mal trabalhavam, eu sabia, mas deixei-os em paz. De vez em quando mandava uma camionete carregada de tinta, ou de tábuas, ou mandava levar, por exemplo, a velha mesa de pingue-pongue do Centro Aberto para um dos salões do palácio, só para que o ritmo não decaísse. Nem Pilar, que é inteligente, desconfiou de nada. Convergentes* e comunistas pensaram que seria um ponto para nós nas próximas eleições. Agora todos dizem o contrário, mas na época minha segurança os desarmava, minha força de vontade era irresistível. O prazer que percorria cada molécula do meu corpo parecia não ter fim. Prazer mesclado de medo, admito, como se eu acabasse de nascer. Nunca antes tinha me sentido melhor, eis a verdade. Se os fantasmas existem, o de Benvingut estava do meu lado...

---

* Membros do partido nacionalista liberal Convergência Democrática da Catalunha. (N. T.)

# Remo Morán:

## *Conheci Nuria graças à Associação Ecologista de Z*

Conheci Nuria graças à Associação Ecologista de Z, clube de não mais de dez pessoas que tinha o hábito de fazer suas reuniões nos cafés e casas de churros durante o inverno, e em terraços de hotéis e bares durante o verão. Em agosto não costumavam se encontrar, porque estavam todos de férias. Álex era simpatizante desse clube, e Nuria era amiga de uma simpatizante ou algo assim. Uma noite escolheram o Del Mar e, uma vez que eu vivo lá, foi inevitável nos vermos. Nuria estava sentada junto da janela, e nossos olhares se cruzaram e não se separaram, como se costuma dizer, desde o momento em que saí do balcão com uma bandeja cheia de copos de chope rumo à sua mesa, até que Álex me apresentou a todos eles. Resolvi ficar com eles e ouvir a discussão sobre o estado das praias e jardins de Z. Mais tarde acompanhei-os a uma discoteca em Y, onde se comemorava não sei que festa lunar ou solar. Nuria e eu tínhamos em comum o fato de aquela ser nossa primeira reunião ecologista. Quis o destino que voltássemos de Y juntos, com Álex e outro rapaz, e que alguém, Álex ou o outro rapaz, sugerisse que parássemos o carro numa das enseadas para ver o amanhecer no mar. Na realidade, só Nuria e eu entramos na água; Álex estava bêbado demais e não saiu do carro, e o outro rapaz ficou sentado na areia, com as pernas cruzadas, talvez meditando de uma forma obscura ou talvez regalando seus olhos com as pernas de Nuria, com o incrível corpo de Nuria. Pode-se nadar e conversar? Sim, pode-se, claro que sim. Eu, para dizer a verdade, me canso muito, fumo dois maços por dia e não faço nenhum exercício, mas naquela manhã segui Nuria duzentos, trezentos metros mar adentro, quatrocentos metros, talvez mais, e pensei que não seria capaz de voltar. Seus cabelos se molhavam por seções, como se ela fosse uma estátua, e, quando o sol começou a surgir, o que mais brilhava naquele mar sinistro que estava me engolindo era sua cabeça. Quando nos separamos, Lola me disse: arranje uma moça bonita, uma filhinha de papai, mas depressa, antes que fique velho. Algumas mulheres dizem coisas piores quando se separam. Nesse momento, enquanto desconfiava que não ia demorar para afundar, lembrei-me das palavras de Lola e senti muita pena, porque Nuria não tinha pai, e isso a excluía. Na discoteca, tínhamos conversado mas quase sem nos ouvir; posso dizer que nossa primeira conversa foi no mar, e a sensação que tive então, a certeza de que não ia poder voltar à praia, a premonição de morte por afogamento sob um céu azul fosco, um céu que parecia um pulmão numa lata cheia de tinta azul, manteve-se ao largo de todas as conversas que se seguiram. Voltei para a praia de costas, bem devagar, sentindo de vez em quando as mãos de Nuria tocando meus ombros. Enquanto me ajudava, ela não parou de falar de coisas bonitas, das coisas pelas quais segundo ela valia a pena se esforçar e trabalhar. Lembro-me de que mencionou uma piscina e as aulas de natação que tivera aos cinco anos. Era, sem dúvida, uma nadadora estupenda! A cor do céu havia passado do azul ao rosa, um rosa de açougueiro culto, quando chegamos à praia. Naquela mesma tarde, enquanto fazia a sesta como de costume, no meu quarto de hotel, sonhei com seu sorriso frio-quente e acordei dando um grito. Três dias depois, na hora do almoço, apareceu no Del Mar e sentou-se à minha mesa. Já tinha comido mas aceitou um café sem açúcar, que só tomou pela metade. Não demorei a descobrir que cuidava da sua alimentação com particular severidade. Media um metro e setenta e pesava cinqüenta e cinco quilos; de manhã, levantava-se cedo e corria entre trinta minutos e uma hora; jogava tênis com assiduidade e havia feito dança clássica e moderna; não fumava nem bebia álcool; sabia quantas calorias, proteínas, sais minerais e vitaminas continha cada alimento; estava matriculada no Instituto Nacional de Educação Física, no primeiro ano, e acrescentava tristemente que já deveria estar no terceiro, mas que os treinos e as competições a tinham atrasado. Que treinos e que competições eu só soube bem depois, e não por falta de interesse precisamente, mas porque ela preferia falar de outras coisas. A conversa se prolongou até que na sala só restaram umas velhinhas vestidas de branco que logo foram para uma mesa do terraço fazer crochê. Depois de eu tomar um sorvete de creme (Nuria, com um sorriso, recusou todas as sobremesas do cardápio), subimos ao meu quarto e fizemos amor. Às seis da tarde nos separamos. Acompanhei-a até a rua onde ela havia deixado sua bicicleta de corrida, cromada e reluzente. Antes de subir nela, prendeu o cabelo na nuca com uma fita preta e disse que me telefonaria. Só me veio à cabeça responder que podia ligar quando quisesse, a qualquer hora do dia ou da noite. Provavelmente, pus demasiada ênfase. Isso a incomodou um pouco e ela desviou o olhar. Tive a impressão de que eu estava indo rápido demais. Você está apaixonado por mim? Não se apaixone, não se apaixone, parecia querer me dizer. Senti-me frágil e envergonhado como um adolescente...

# Gaspar Heredia:

## *Comecei a me habituar a caminhar pelo vilarejo*

Comecei a me habituar a caminhar pelo vilarejo na remota esperança de encontrar Caridad. Naqueles dias Z já estava repleta de turistas e o movimento nas ruas era permanente. O Carajillo logo se deu conta de que todas as manhãs, em vez de ir dormir na minha barraca, eu tomava o café com ele num bar na zona dos campings e depois ia percorrer as ruas da cidade. Mas de Caridad não encontrava nenhum vestígio, e até a velha cantora de ópera que, segundo todos os indícios, ganhava dinheiro na rua, havia sumido. Em mais de uma ocasião acreditei ouvi-la e corri para o terraço ou para a ruela de onde parecia chegar sua voz, mas geralmente eram turistas que cantavam ou a rádio que tocava alguma coisa de Rocío Jurado. Meu horário começou a se alterar. Eu trabalhava das dez da noite às oito da manhã e dormia do meio-dia às seis da tarde, se bem que com o afluxo maciço de turistas dormir não era fácil. Pouco a pouco comecei a me deitar mais tarde, até que minha hora de dormir se encontrou com minha hora de pegar no batente. O Carajillo, claro, percebeu na hora, mas não se importou com que eu descuidasse das minhas tarefas de vigia em proveito do meu sono: dormia na poltrona de couro da recepção em períodos de uma hora cu duas, intercalados com passeios pelo camping, passeios que indefectivelmente acabavam no módulo que Caridad havia ocupado. Costumava me sentar ali debaixo de um pinheiro, no limite das canchas de bocha, com a lanterna apagada, e tornava a ver seus olhos vagos e sua silhueta ossuda que se perdia na direção do taquaral, na direção das luzes dos carros que trafegavam fora do camping. Ler poesia nesses casos não é um consolo. Nem se embriagar. Nem chorar. Nem despir um santo para vestir outro. De modo que retomei com maior energia minhas caminhadas por Z e refiz meus horários: dormia das nove da manhã às três da tarde e, ao acordar (o calor me acordava, o calor, minha transpiração e a sensação de estar enterrado), saía de imediato e discretamente, evitando cruzar a recepção, para que não me vissem e me passassem um daqueles trabalhos que nunca faltavam. Lá fora eu me sentia livre, andava a bom passo pela avenida dos campings até o Paseo Marítimo, depois me embrenhava na cidade velha, onde almoçava tranqüilamente, lendo jornal. Ato contínuo começava a procurá-las, supondo que Caridad e Carmen ainda estivessem juntas, a esquadrinhar os bairros de Z de norte a sul, de leste a oeste, sempre sem resultado, sempre falando sozinho e lembrando coisas que era melhor não lembrar, fazendo projetos, acreditando-me de novo no México, envolto em certa energia inconfundivelmente mexicana, persuadido de que ambas haviam abandonado o povoado. Mas um dia, voltando ao camping, detive-me na esplanada do porto e a vi: estava entre o público que se aglomerava junto da praia para assistir a uma exibição de asa-delta. Eu a reconheci de imediato. Senti um bem-estar no estômago, uma vontade de avançar para ela e tocar seu ombro com meu dedo. Uma coisa que então eu não soube decifrar me avisou que não fizesse aquilo. Permaneci fora da meia-lua de espectadores, todos com a vista fixa no céu, que se congregavam em torno do estrado do júri. Da colina que domina o vilarejo surgiu uma asa-delta vermelha que se confundiu com a cor do entardecer, desceu pela encosta da colina, elevou-se antes de chegar ao porto de pesca, sobrevoou a marina e por um momento pareceu se lançar para o levante, mar adentro: mal dava para distinguir o piloto, uma sombra encolhida, devido à inclinação do aparelho. Lá em cima, no castelo, outro participante já se preparava. Eu nunca tinha visto nada igual. De repente me senti descontraído no meio das penumbras que pouco a pouco ia estabelecendo uma noite de verdade dentro da noite de verão. Poderia ter passado por um turista; aliás, ninguém prestava a menor atenção em mim. A asa-delta vermelha já estava a poucos metros da chegada circular demarcada na praia; algumas vozes tentaram incentivar o piloto no trecho final. Do castelo largou-se então a asa-delta branca, o último participante, anunciaram no alto-falante, um francês. Uma corrente de ar elevou-o imediatamente muito acima da rampa. Caridad usava uma camiseta preta de manga comprida e calça também preta; como todos os demais, eu havia deixado de olhar para o primeiro piloto a fim de observar as evoluções do que acabava de saltar; ele parecia ter problemas para controlar o aparelho. Durante um segundo, alguma coisa em Caridad, nos cabelos e nas costas de Caridad, tornou a produzir em mim uma sensação de estranheza e perigo apenas intuída. Os aplausos me avisaram que o piloto da asa-delta vermelha tinha pousado. Decidi me aproximar um pouco mais. No estrado os jurados consultavam seus relógios e faziam piadas, os três eram bem jovens. Grupos de rapazes e moças, ao longo da esplanada, recolhiam cerimoniosamente o equipamento dos que já tinham participado. Um cara que supus ser um piloto, mas certamente não o piloto que acabava de aterrissar, estava sentado na areia, bem jun-

58

to da areia úmida, com as mãos nos joelhos e a cabeça baixa. Ao meu lado alguém comentou que a asa-delta branca descia da colina à praia, e não do mar à praia, como seria o correto. No rosto de alguns espectadores, os mais conhecedores da matéria, acreditei notar uma ponta de alarme, também uma ponta de regozijo. Evidentemente, aquele não era o caminho para se aproximar da parte da praia onde os juízes esperavam. Lá em cima, o piloto tentava inclinar o aparelho na direção do porto para depois ir ao mar, mas perdia altura e não conseguia corrigir o rumo. Saí do grupo e procurei um lugar no jardim junto da esplanada, de onde pudesse continuar contemplando Caridad. Entre as sebes e os canteiros de flores, crianças brincavam completamente alheias ao que acontecia na praia; sentados nos bancos, trios de anciãos olhavam os mastros dos iates que sobressaíam da comprida mureta que ocultava o atracadouro. De repente, a asa-delta branca tornou a se elevar e num instante se colocou perpendicular ao público cada vez mais numeroso, de modo que para observá-la era necessário erguer completamente a cabeça. Inerte, o objeto branco parecia subir cada vez mais, como se estivesse encerrado num tubo de ar. Nesse momento Caridad separou-se do grupo. Do meu lado, um cara segurando um menino e uma menina pela mão observou que o piloto estava esperneando, já perdida toda compostura desportiva. Atravessei o jardim rumo aos terraços dos restaurantes, contra a corrente das pessoas que acorriam, inclusive algumas levantando das mesas sem pagar, outras pagando apressadamente, a maioria com o copo na mão, para ver o piloto suspenso no ar, o qual daquele ponto da calçada só se podia adivinhar através das folhas das árvores. Então tornei a vê-la: estava de costas para o mar, olhando para a fachada de um restaurante, muito quieta, como se não tivesse a intenção de atravessar a rua. Esperava alguém? E o que era o volume que despontava na sua cintura e que a camiseta não conseguia dissimular totalmente? Quando Caridad pulou para o Paseo e se perdeu por uma das ruas laterais, eu soube sem sombra de dúvida (e com um calafrio e aperto no estômago) que o que ela levava entre o cinto e a camiseta era uma faca. Comecei a segui-la no preciso momento em que, perdido o controle, o piloto caía rodopiando na direção da raia, entre os gritos dos espectadores. Não olhei para trás. Evitando o Paseo, tomei uma ruela estreita, com edifícios residenciais dos dois lados. De uma porta saiu um grupo de franceses de meia-idade, todos com roupa de festa, e por um instante achei que a tinha perdido de vista. Ao chegar à esquina, eu a vi: estava parada diante de uma casa de videogames. Parei, que remédio, e esperei. A poucos metros dali ouvi a sirene de uma ambulância, que na certa ia pegar o piloto. Teria morrido? Estaria seriamente ferido? Sem nenhum aviso e sem dar sinal de ter me visto, Caridad reiniciou a caminhada e a partir de então parou em frente a todas as lojas, inclusive nas portas dos restaurantes, cada vez mais escassos à medida que nos afastávamos da praia. Não nego que passou pela minha cabeça a idéia de que eu estava seguindo uma assaltante. Síndrome de abstinência, roubo por desespero. Minha situação, se o assalto se consumasse, ficaria comprometida. Não me tomariam por cúmplice? Pensei nos meus documentos — na falta de documentos — e no que poderia inventar para a polícia. A vinte metros de mim, Caridad deteve um passante, perguntou-lhe a hora (o sujeito olhou para ela como se fosse uma ave rara) e virou para a esquerda, rumo ao cais dos pescadores. Muito antes, ao chegar à praia do Paseo de la Maestranza, parou e sentou-se na amurada. Assim, com as pernas penduradas e as costas arqueadas, o volume formado pela faca era muito mais visível. Mas a noite e a cor da camiseta a ajudariam a dissimulá-lo. Escondi-me no meio de uns barcos em reparo e acendi um cigarro, não tinha a menor idéia de que horas podiam ser, mas me sentia despreocupado. Do meu refúgio eu podia observá-la com total impunidade: parecia tristíssima, como uma árvore que de repente havia crescido na amurada, um mistério da natureza. No entanto, quando se levantou impulsionada por uma mola seca e exata, essa sensação se desvaneceu ficando em seu lugar apenas um vestígio de foto tremida e a única certeza de estar sozinho. Caridad voltou pelo mesmo caminho só que pela calçada oposta, evitando as mesas dos terraços, às vezes entrando nos locais quentes e iluminados demais, num ritmo lento e elástico em que se pressentia uma vontade de bailarina, uma fortaleza que se contradizia com a extrema magreza dos seus membros. Num desses terraços estive a ponto de perdê-la: ela entrou no local e eu fiquei do lado de fora, escudado atrás da tabuleta de preços, e de repente meus olhos se encontraram com os olhos de Remo Morán sentado a uma das mesas em companhia de dois caras bronzeados. Por um segundo me senti pego em flagrante, naquela hora eu deveria estar trabalhando, e o olhar de Remo pareceu se erguer como um ectoplasma e me dar uma martelada na cabeça, mas a verdade é que olhava como os adormecidos, como os que estão sonhando, provavelmente tampouco escutava as palavras dos caras bronzeados, e nesse momento pensei: está morrendo ou está muito feliz. De todo modo, dei meia-volta, tornei a atravessar o Paseo e esperei nos jardins. Pouco depois começou a chuviscar. Quando Caridad saiu do restaurante, seu passo era diferente, mais decidido ou mais largo, como se o passeio houvesse terminado e agora ela tivesse pressa. Eu a segui sem vacilar (ninguém dentro do restaurante teria se dado conta de que ela estava com uma faca?) e paulatinamente fomos nos afastando das zonas iluminadas do centro. Passamos pelo bairro dos pescadores, subimos uma rua íngreme só de casas, no fim da qual se erguia uma escola de quatro andares, moderna e sólida, com esse ar de construção inacabada que todas as escolas têm, e começamos a margear a estrada, já sem nenhum tipo de construção, de enseada, em direção a Y. De vez em quando os faróis dos carros me mostravam a silhueta diminuída de Caridad avançando sem se permitir nem mesmo uma pausa. Em duas ocasiões ouvi vozes masculinas, gritos proferidos pelos ocupantes de algum carro que de todo modo não chegou a parar. É possível que tenham me visto. É possível que tenham visto Caridad e tido medo. Só o vento, entre as árvores, nos acompanhou até o fim. Andamos assim um bom tempo. A cada curva aparecia, raiado por uma claridade leitosa, o mar, e nele as nuvens, os rochedos, a areia das praias de Z. Ao chegar à terceira enseada, Caridad deixou a estrada principal e desviou por uma espécie de estrada vicinal de terra. Tinha parado de chover e de longe o casarão era visível. Enganchei-me então em alguma coisa e levei um tombo. Caridad parou por uns instantes junto do portão de ferro, antes de abri-lo e desaparecer. Levantei-me com cuidado, sentindo as pernas tremerem. Nem uma só luz dentro da casa denunciava a presença de moradores. O portão de ferro tinha ficado entreaberto. Ao enfiar a cabeça, intuí os vestígios de um jardim enorme, uma fonte quase em ruínas, o mato crescendo em toda parte. Uma trilha de pedra conduzia a uma espécie de pórtico vetusto, de vários níveis. Descobri ali que a porta principal também estava aberta e acreditei ouvir um som, uma música levíssima que só podia provir do interior do casarão. Cheguei a essa conclusão, parado no pórtico, com a mão esquerda apoiada na moldura da porta, a direita posta em concha no ouvido, transformado numa estátua molhada pela chuva, até que decidi entrar. O vestíbulo, ou o que acreditei ser um vestíbulo, vazio, exceto por umas caixas amontoadas num canto, estendia-se até uma porta de vidro. Quando meus olhos se acostumaram ao escuro, insinuei-me procurando fazer o mínimo possível de ruído. Ao abrir a porta de vidro, a música chegou com nitidez. À minha frente encontrei um corredor que poucos passos depois se bifurcava. Escolhi o caminho da esquerda. Embora as portas dos aposentos estivessem abertas, reinava um negrume absoluto. Não era o caso do corredor, iluminado de um dos lados por uma enorme janela que corria ininterruptamente ao longo da parede e dava para um pátio interno, o qual, espiando pela janela, inferi ficar num nível muito mais baixo do que o jardim da entrada. Finalmente o corredor se alargava numa sala circular que parecia a cabine de comando de um submarino impossível, de onde partiam duas escadas, uma para o andar de cima, a outra para o jardim rebaixado que eu já tivera a oportunidade de ver. A música saía dali. Desci. O piso era de mármore e as paredes tinham sido ornamentadas com altos-relevos de gesso que o abandono havia se encarregado de tornar irreconhecíveis. Algo se mexeu no meio do mato. Um rato, talvez. De qualquer maneira, minha atenção estava concentrada agora numa porta de batente duplo. De lá provinha a música e também o ar gelado que na mesma hora me secou o suor do rosto. Dentro, iluminada por quatro refletores presos no alto em vigas gigantescas, uma moça patinava numa pista de gelo...

# Enric Rosquelles:
## *Deixava o carro estacionado debaixo do velho parreiral*

Deixava o carro estacionado debaixo do velho parreiral, o parreiral romano de Benvingut que havia sobrevivido ao passar dos anos e continuava ali, coberto de poeira mas de pé. Nuria chegava por volta das sete, de bicicleta, e eu quase sempre estava na porta, sentado numa cadeira de vime que havia encontrado num dos cômodos e que, depois de limpá-la e desinfetá-la, eu tinha posto num lugar fresco e sombrio do qual podia ver a bicicleta de Nuria surgindo pela estrada de Y; depois, durante um longo trecho, as árvores a ocultavam até que ela voltava a aparecer pelo comprido caminho que levava ao palácio. Claro, quando a pista de patinação terminou, nós nos víamos diariamente. Eu costumava levar umas frutas, pêssegos, uvas, peras, uma garrafa térmica de chá amargo, e o radiocassete que Nuria usava em seus treinos. Ela trazia uma sacola esportiva com sua roupa e seus patins, e uma garrafa d'água. Também tinha o costume de trazer livros de poemas, um diferente a cada três dias, que folheava nas pausas para descanso, apoiada numa das muitas caixas de material que eu havia preferido não tirar do galpão para não despertar suspeitas. Quem mais sabia da existência da pista? Bem, poderia dizer que ninguém e muitos. Todos em Z sabiam de alguma coisa, um pouco, mas ninguém teve inteligência suficiente para juntar os fragmentos de informação num todo coerente. Enganá-los foi fácil. No fundo, creio que ninguém se preocupava com o que sucedia no palácio ou com o dinheiro. Não, o dinheiro lhes importava sim, como não importaria, mas não ao ponto de fazerem hora extra para investigar seu destino. De qualquer maneira, sempre fui prudente. Nem mesmo Nuria sabia de toda verdade, a ela eu disse que a pista seria de utilidade pública, só isso, ela não fez mais perguntas, embora fosse óbvio que naquele verão só nós fomos ao Palácio Benvingut. Claro que Nuria tinha seus problemas pessoais e eu respeitava isso. Dizem que o amor torna as pessoas generosas. Não sei, não sei; a mim só me tornou generoso com Nuria, e só isso. Com o resto das pessoas tornei-me desconfiado e egoísta, mesquinho, maligno, talvez por estar consciente do meu tesouro (da pureza imaculada do meu tesouro), que eu comparava com a putrefação que envolvia a elas todas. Na minha vida, digo isso sem medo, não houve nada semelhante aos lanches-jantares que comemos juntos nas escadarias que vão do palácio ao mar. Ela tinha uma maneira... não sei... única, de comer fruta, com os olhos perdidos no horizonte. Aqueles horizontes de autêntico privilégio. Quase não falávamos. Eu me acomodava um degrau abaixo e olhava para ela, mas não muito, às vezes olhar demais para ela era doloroso, e tomava meu chá com deleite e parcimônia. Nuria tinha dois agasalhos, um azul com listas diagonais brancas, creio que o oficial da equipe olímpica de patinação, e um preto azeviche que realçava seus cabelos louros e sua pele perfeita, corada pelo esforço, de mulher de Botticelli; este último mo era um presente da mãe. Para não olhar para ela, eu olhava para os agasalhos e ainda me lembro de cada dobra, de cada prega, de quão arredondado estava o azul nos joelhos, do cheiro delicioso que o preto desprendia sobre o corpo de Nuria quando a brisa do entardecer nos evitava qualquer palavra. Cheiro de baunilha, cheiro de lavanda. A seu lado, claro, eu provavelmente destoava. Eu ia a nossos encontros diários diretamente do trabalho, não se esqueçam, e às vezes não tinha tempo de tirar o paletó e a gravata. Outras vezes, quando Nuria demorava para aparecer, eu tirava da mala do carro uma calça jeans e uma camiseta grossa e folgada, uma Snyder americana, e trocava os sapatos por mocassins Di Albi, que devem ser usados sem meias, mas às vezes esquecia de tirá-las, tudo isso debaixo do parreiral, suando e ouvindo o ruído dos insetos. Nunca quis usar meu agasalho esportivo na frente dela. Os agasalhos me tornam duas vezes mais gordo do que sou, me alargam cruelmente a cintura e até temo parecer mais baixo. Numa ocasião, he-he, Nuria quis que eu patinasse um pouco com ela. Desculpem se rio. Suponho que ela tinha vontade de me ver no meio da pista, e com esse objetivo em mente naquela tarde levou outro par de patins e insistiu renitentemente para que eu os pusesse; até mentiu, ela, que nunca mentia, disse que, para o passo que ela tinha que ensaiar, precisava de uma pessoa a seu lado. Eu nunca a tinha visto assim, como uma criança caprichosa e birrenta, podia até dizer um pouquinho despótica, mas atribuí seu comportamento ao cansaço, à rotina, talvez à tensão nervosa. Sua data fatídica se aproximava e, embora eu lhe dissesse que estava patinando maravilhosamente bem, quem era eu, na verdade, para sabê-lo. O caso é que nunca pus os patins. Por covardia, por medo do ridículo, por medo de cair, porque a pista estava ali para ela e não para mim. Algumas vezes, isso sim, sonhei que patinava. Se houver tempo e vocês me deixarem, eu conto. Não é que haja muito que contar, eu simplesmente ficava ali, no meio da pista, com os patins nos pés, e em volta tudo era como teria sido se não me descobrissem, com cadeiras novas e confortáveis dos dois lados da pista, uma sala com duchas e massagens, um vestiário reluzente, e todo Palácio Benvingut brilhava no meu sonho, e eu podia patinar, dar rodopios e pulos, e deslizava pelo gelo montado num silêncio absoluto...

# Remo Morán:

## Da segunda visita de Nuria ao hotel

Da segunda visita de Nuria ao hotel hoje tenho guardadas bem poucas imagens precisas. Ela chegou ao Del Mar na mesma hora que da primeira vez, na hora do almoço, mas não tomou café nem quis subir ao meu quarto. O hotel a sufocava e saímos. Dentro do carro, quem se sentiu sufocado fui eu; dirijo muito mal, não gosto de automóvel, o que tenho uso principalmente para as compras do hotel, que aliás não faço pessoalmente. Por um instante demos umas voltas por estradinhas internas; o calor era asfixiante, nós dois suávamos copiosamente sem trocar uma palavra. De repente me senti muito triste porque pensei que aquela era uma visita de rompimento. Pinheirais, pomares, pistas de equitação vazias, velhas lojas de cerâmica por atacado desfilavam com uma lentidão exasperante. Finalmente, no meio dos bocejos, Nuria pediu que voltássemos ao hotel. Ao chegar, subimos diretamente para o quarto. Lembro-me da sua pele debaixo do chuveiro quente. Eu estava do lado de fora, mas o vapor me fazia suar em bicas! Estava com os olhos fortemente fechados, como se entre as gotas d'água escorresse algo que só ela percebia. Uma espécie de combate entre a sua pele e as incontáveis gotículas ferventes. As pernas de Nuria, perfeitas, deixavam um rastro de espuma nos azulejos. Liguei o ar-condicionado e a observei enquanto saía à varanda e contemplava o mar. Antes de ir para a cama passou em revista meus livros e os armários. Não havia grande coisa. Estou procurando microfones, explicou. Uma característica dos movimentos de Nuria era que, mesmo muito depois de ela ter ido embora, eles pareciam continuar vibrando de uma forma tênue no quarto. Debaixo de mim, inesperadamente, chorou, e isso me deteve de repente. Estou machucando você? Continue, disse. Em outros tempos, teria recolhido suas lágrimas com a ponta da língua, mas os anos não passam em vão, imobilizam. Foi como se, com um pontapé no traseiro, me lançassem para outro quarto, um quarto em que não é preciso ar-condicionado. Abri as cortinas, só um pouco, e telefonei ao restaurante do hotel pedindo que enviassem dois chás com limão; depois me sentei na beira da cama e acariciei seu ombro, sem saber o que fazer. Nuria tomou o bule inteiro, sem pausa e com os olhos secos. De noite, ao me deitar, eu me acostumei a falar como se ela estivesse no quarto; chamava Nuria de Luz Olímpica e coisas idiotas assim, mas que me faziam rir, às vezes até me contorcer de rir, e que proporcionavam ao meu espírito uma tranqüilidade, não, uma transparência, que fazia muito eu não experimentava. Nunca falamos de amor, nem de nada que associasse ao amor o que fazíamos das quatro às sete. Tivera um namorado, um rapaz de Barcelona, volta e meia me contava coisas sobre ele. Falava do rapaz de uma maneira estranha, distante, como se o seu fantasma passeasse por ali: exaltava suas virtudes de esportista, as horas passadas no ginásio, sua dedicação completa. Muitas vezes pensei que ela ainda o amava. Algumas tardes, meu quarto parecia uma caldeira a ponto de explodir. Segundo Álex, não se pode manter uma relação entre quatro paredes, um dos dois sempre acaba se enchendo. Eu dizia que era verdade, mas que poderia fazer? Sempre que a convidava para sair recebia uma resposta negativa; de noite, estava cansada demais, ou lá o que fosse, e no fundo eu também não tinha a menor vontade de dar um giro pelas discotecas. Mas, certa noite, umas duas semanas depois de nos conhecermos, saímos juntos e tudo correu às mil maravilhas. Uma noitada breve e feliz. Ao acompanhá-la à sua casa, para a qual nunca me convidou, eu lhe disse que sua beleza me perturbava. Declaração imprudente, pois eu bem sabia que ela não gostava de falar desse assunto. Lembro da sua resposta como o fato mais significativo daquela noite. (Na realidade, a noite em seu todo não foi mais do que uma sucessão de risadas.) Disse, num tom fanático que não dava margem à menor dúvida, que a mulher mais bonita que ela conhecera era uma patinadora da República Democrática Alemã, a campeã mundial, Marianne sei lá o quê. Isso foi tudo, mas fiquei gelado. Sem dúvida Nuria era uma moça que sabia o que queria. Outra tarde me perguntou, com um interesse que acreditei sincero, o que me retinha em Z, um vilarejo provinciano em que não havia nem sequer uma livraria ou um cinema decente. Respondi que era precisamente aqui que eu tinha meus negócios (mentira descarada). Seu negócio é a literatura, ela disse, e por isso você deveria morar é em Barcelona ou Madri. Mas nesse caso não veria mais você, respondi. Ela disse que de qualquer maneira não ia mais vê-la porque esperava se reintegrar logo à equipe olímpica de patinação e reaver sua bolsa. E, se isso não acontecer, o que você vai fazer? Nuria olhou para mim como se eu fosse uma criança e deu de ombros, terminar o curso no Instituto Nacional de Educação Física, talvez, dar aula de patinação em alguma cidade grande da Europa ou em alguma universidade americana, mas no fundo estava certa de que iria voltar à equipe. É para isso que trabalho, dizia, para isso que me esforço...

# Gaspar Heredia:

## A *música que se ouvia era a "Dança do fogo"*

A música que se ouvia era a "Dança do fogo", de Manuel de Falla, e ao compasso dela pude ver o torso da patinadora com os braços erguidos, imitando muito mal (mas no seu desajeitamento algo pulsava) o ato de oferecer uma dádiva a uma divindade minúscula e invisível. O resto: a pista, as pernas da moça, os patins de prata ficavam parcialmente ocultos detrás das caixas de madeira, as quais estavam ali para impedir a passagem e produzir, observadas da pista, a impressão de um anfiteatro, embora da minha perspectiva e à medida que as rodeava, as caixas mais pareciam um labirinto em miniatura. De modo que inicialmente só pude ver as costas da moça, seus braços curvados num abraço etéreo e os refletores que iluminavam a pista e que me lembraram as luzes de um ringue de boxe em Tijuana. O chão era de cimento, com um ligeiro desnível para o centro, e as paredes se erguiam sobre pedras desiguais e esfumaçadas. Insinuei-me por entre o meandro de caixas, algumas ainda conservavam sua origem de embalagem, até encontrar um observatório melhor. Na beira da área iluminada, sentado numa cadeira de praia colorida, um sujeito gordo se entretinha lendo documentos nos quais ia fazendo anotações com uma caneta hidrográfica; a seus pés estava o toca-fitas, com o volume alto, esparramando por todos os cantos do galpão as notas da "Dança do fogo". O gordo parecia muito concentrado no que fazia, embora de vez em quando erguesse a vista e observasse a patinadora. À luz dos projetores fiz uma descoberta que aumentou minha perplexidade: num dos cantos da pista uma escadinha penetrava no gelo e, entrelaçado na escadinha, um feixe de fios elétricos coloridos também desaparecia debaixo da camada branco-azulada em que a estranha patinadora realizava suas piruetas. Apesar do frio, senti algumas gotas de suor escorrendo pelo rosto. De repente o gordo disse alguma coisa. A moça, alheia a tudo, continuou patinando. O gordo tornou a falar, desta vez um palavrório mais comprido, e a moça, patinando para trás, respondeu com uma frase breve, como se a coisa não fosse com ela. Em parte porque falavam em catalão e em parte porque eu estava nervoso demais, não entendi o que diziam, mas a impressão de me encontrar dentro de uma caverna se acentuou. A patinadora tinha começado a ensaiar saltinhos e genuflexões quando do a sombra do gordo saiu do escuro e se aproximou da beira da pista. Calado, com as mãos nos bolsos, sua cabeça notavelmente redonda girava com lentidão acompanhando a moça, os olhos brilhando, concentradíssimos, sem pestanejar. O par, sem dúvida nenhuma singular, toda ela graça e velocidade, ele como que um desses joões-bobos que estão sempre de pé, produziu na minha mente, além de inquietação, uma espécie de alegria silenciosa e feroz, que me ajudou a não me levantar e sair correndo. Eu só tinha certeza de que eles não me viam e de que Caridad devia estar em algum lugar, de modo que me dispus a agüentar sem me mexer todo tempo que fosse necessário. A patinadora começou a girar sobre si mesma, no meio da pista, a

72

uma velocidade cada vez maior. O queixo para cima, as pernas juntas, as costas arqueadas, à primeira vista parecia um pião que não carecia de graça. De repente, quando o gordo e eu supostamente esperávamos o final do número, ela saiu a toda para uma extremidade da pista, senhora dos seus movimentos, num gesto que tinha mais de felicidade do que de disciplina. O gordo aplaudiu. Maravilhoso, maravilhoso, disse em catalão. Palavras desse tipo (*meravellós, meravellós*), sim, eu entendo. A patinadora ainda deu mais duas voltas na pista antes de parar onde o gordo a esperava com uma toalha. Depois ouvi o clique do toca-fitas sendo desligado, e o gordo voltou à área na penumbra e virou de costas enquanto a patinadora se vestia. Na verdade o ato de se vestir consistia tão-somente em pôr um agasalho por cima da malha, mas o gordo manteve mesmo assim sua atitude pudica. A patinadora, depois de guardar os patins numa sacola, disse algo que não entendi. Sua voz parecia de veludo. O gordo virou-se e, como se medisse os passos, aproximou-se da zona varrida pelos refletores. Como fui?, perguntou com os olhos baixos e outro tom de voz. Maravilhosa. Não acha que foi muito lento? Não, creio que não, mas se você acha... Ambos sorriam, mas de maneira muito diferente. A moça suspirou. Estou exausta, disse, me leva pra casa? Claro, gaguejou o gordo, os lábios recurvados num sorriso tímido, me espere no corredor, vou apagar as luzes. A moça saiu sem dizer nada. O gordo se enfiou atrás de uma pilha de caixas, e momentos depois a pista ficou completamente às escuras. O gordo voltou a aparecer com uma lanterna na mão e foi embora. Eu os ouvi subindo a escada. E agora, que faço?, pensei. Filtrava-se, vinda do teto, uma leve claridade. A lua? Mais provavelmente pirilampos desgarrados. Um barulho que até então havia passado inadvertido chamou minha atenção: em algum lugar do casarão funcionava um gerador elétrico a toda potência. Para manter a pista de gelo? Incapaz de compreender muitas das coisas que me levaram até ali, sentei-me no chão gelado, com as costas apoiadas numa caixa, e tentei ordenar as idéias. Não consegui. Um ruído diferente daquele do gerador me pôs em alerta. Alguém, na beira da pista, acendeu um fósforo, e as sombras instantaneamente começaram a bailar nas paredes do galpão. Levantei-me e olhei para a beira da pista, que agora parecia um espelho: de pé, com o fósforo aceso numa das mãos e a faca na outra, vi Caridad. Por sorte, o palito não demorou para se consumir e a escuridão restabelecida surtiu em mim o efeito de um tranqüilizante. Provavelmente, pensei, ela estivera o tempo todo escondida num dos aposentos e agora vinha se certificar de que a patinadora e o gordo não estavam mais ali. Provavelmente ela também era uma visitante sub-reptícia daquele casarão. Ao acender o fósforo seguinte compreendi que ela estava à espreita, e me incomodava não sair do meu esconderijo, porém temi assustá-la mais ainda com a minha aparição repentina do que deixando as coisas como estavam. Também, em minha decisão de permanecer oculto, pesou consideravelmente a cor da faca, cada vez mais parecida com a cor do gelo. Depois de piscar várias vezes, o fósforo tornou a se apagar, e dessa vez não houve intervalo na escuridão: ela logo acendeu outro e, como se de repente sofresse um acesso de vertigem, retrocedeu bruscamente da beira da pista. Um suspiro acompanhou o rápido fim do fósforo. Só uma vez eu tinha ouvido alguém suspirar daquela maneira, forte, lancinante, *suspirar com os pêlos*, e só de lembrá-lo me senti doente. Acocorei-me entre as caixas até que os únicos ruídos tornaram a ser o do gerador elétrico e o da minha respiração agitada. Por um bom tempo, optei por não me mexer. Quando notei que uma das minhas pernas dava sinais inequívocos de cãibra, iniciei retirada concentrando todas as minhas forças para evitar que o pânico me lançasse numa corrida desabalada pelos corredores contortos do casarão. Sur-

74

preendentemente encontrei o caminho sem nenhuma dificuldade. A porta estava fechada à chave. Pulei por uma janela. Já no jardim, nem sequer tentei abrir o portão de ferro, no primeiro impulso trepei no topo do muro, empenhando nesse ato a minha vida...

# Enric Rosquelles:

*Iniciamos o treinamento no começo do verão*

Iniciamos o treinamento no começo do verão. Perdão, Nuria começou a treinar no início do verão, e ambos pensamos que, trabalhando duro durante julho, agosto e setembro, ela poderia passar no teste de seleção realizado pela sua federação em outubro, na Pista de Gelo de Madri, e que, por mais que os treinadores, juízes e dirigentes estivessem conchavados, a mestria ou a maturidade ou o que quisessem que Nuria tivesse adquirido ou aperfeiçoado naqueles meses necessariamente os deixaria de boca aberta e sem outra possibilidade senão readmiti-la na equipe olímpica, que em novembro viajaria para Budapeste, se não me engano, para o Torneio Anual Europeu de Patinação Artística. Para ser sincero, a possibilidade de não ver Nuria por pelo menos dois meses (outubro em Madri com concentração e treinos diários, e novembro em Budapeste) fazia sangrar meu coração. É claro que eu procurava não exteriorizar esses sentimentos. Havia a possibilidade de que em outubro ela fosse definitivamente excluída, mas eu preferia não pensar nisso, porque intuía a dor que isso lhe causaria e desconhecia completamente qual poderia ser a sua reação. Honestamente, não queria que a recusassem! Só desejava a sua felicidade! A pista tinha sido construída expressamente para que ela se preparasse de forma conscienciosa e voltasse a ser selecionada! Agora que nada mais tem remédio, sei que deveria ter contratado um preparador para ela, por exemplo, mas, mesmo que a idéia me houvesse ocorrido então, como justificar os gastos de um treinador daquela especialidade? E onde encontrá-lo? No verão abundam os professores de inglês, mas não os preparadores de patinação artística. Em certa ocasião, se não me falha a memória, Nuria falou de um polonês exilado, um sujeito ainda jovem, que trabalhara um semestre na Federação Catalã, mas cujo contrato haviam rescindido por práticas contrárias à ética profissional. O que o polonês tinha feito? Nuria não sabia, nem queria saber. Confesso que o imaginei fazendo amor ou talvez violentando uma patinadora ou um patinador, sei lá, no vestiário. Idéias ruins, como sempre. Em todo caso, o polonês vagabundeava por Barcelona e poderíamos ter procurado por ele, mas nenhum dos dois teve tempo ou vontade, e descartamos a idéia de imediato. Não sei por que durante essas noites de insônia fico pensando no polonês e, embora não o tenha conhecido, nem o conhecerei, parece-me muito próximo, quase um amigo. Talvez porque de alguma maneira eu também tenha desempenhado o ofício de treinador e, embora nunca tenha conseguido memorizar nem sequer as palavras que designam os diversos passos e figuras da patinação artística, imparcialmente falando, não o fiz tão mal assim. Quero dizer como treinador, ou como a referência que supria o treinador, em grande medida um símbolo paterno. Soube escutar Nuria, darlhe ânimo para prosseguir quando a preguiça ou o cansaço a atazanavam, soube impregnar de certo método e disciplina nossas sessões diárias de trabalho, responsabilizei-me por todas as questões cacetes e colaterais para que ela só pensasse em pati-

77

nar, em nada mais do que patinar. Precisamente essa mania perfeccionista (mania que, por outro lado, deixei impressa nos diversos ramos de atividade em que trabalhei) me levou a um achado ou a uma sucessão de pequenos achados que em conjunto eram inquietantes num grau superlativo. Lamentavelmente, no início imputei-os ao estado dos meus nervos, embora no fundo eu soubesse que meus nervos estavam em melhores condições do que nunca. Explicarei como aconteceu. Às vezes eu chegava ao palácio bem antes de Nuria e, depois de pôr um avental de brim que eu guardava para os quefazeres, verificava o estado da maquinaria da pista, a consistência do gelo; varria um pouco, num quarto tinha sabão em pó, água sanitária, vassouras, sacos de lixo, luvas, panos de chão, além de ferramentas diversas; às vezes punha uma garrafa com flores silvestres recém-cortadas no lugar em que Nuria trocava de roupa; limpava diariamente com álcool a cabeça do radiocassete e não me esquecia de rebobinar a fita e deixá-la na "Dança do fogo"; outras vezes, se me sobrava tempo, ia à parte de trás da casa e varria as escadarias que levavam à enseada para o caso de Nuria desejar, antes ou depois, descer à praia; enfim, nunca me faltava trabalho e, embora em geral eu não entrasse na maioria dos aposentos do palácio, costumava perambular por boa parte do primeiro e do segundo andar, sem contar o galpão, o parreiral, o jardim rebaixado e os jardins que davam para o mar. Posso dizer que conhecia de cor esses lugares. Portanto me surpreendeu encontrar pequenos objetos, quase sempre lixo, em pontos que eu tinha certeza de haver limpado um dia antes. Minha primeira reação, logicamente, foi pensar nos vagabundos que trabalhavam ali de manhã, e um dia me encarreguei de dar-lhes pessoalmente uma bronca, sem exagero, porque não tinha tempo, mas dura o suficiente para que não se esquecessem da próxima vez. O que eu encontrava? Detritos que iam de maços vazios de Fortuna (e dos

78

dois desempregados, um fumava Ducados e o outro havia largado o vício) até restos de hambúrgueres. Só isso. Coisas insignificantes, mas que não deveriam estar ali. Uma tarde encontrei um lencinho de papel ensangüentado. Atirei-o no lixo com o mesmo nojo como se fosse um rato agonizante, mas ainda vivo e mexendo o focinho. Pouco a pouco cheguei à conclusão de que havia mais alguém no Palácio Benvingut. Durante três dias fiquei como um louco. Pensei em O iluminado, de Kubrick, que tinha visto recentemente em vídeo na casa de Nuria e que me havia deixado com os nervos à flor da pele; procurei ser objetivo e encontrar explicações lógicas, mas em vão, até que decidi encarar o problema e revistar o palácio de cima a baixo. A tal fim dediquei uma manhã completa. Não achei nada, nem o mais leve indício que denunciasse a presença de intrusos. Fui me acalmando progressivamente, e para isso contribuiu não terem aparecido mais detritos nos dias posteriores. Claro que não disse nada a Nuria, e eu mesmo acabei convencido de que tudo havia sido fruto de conjecturas sem fundamento...

# Remo Morán:

## *Um dia Rosquelles viu a bicicleta de Nuria na rua*

Um dia Rosquelles viu a bicicleta de Nuria na rua, na frente do Del Mar, e resolveu entrar para ver o que estava acontecendo. Para sua surpresa encontrou Nuria sentada ao balcão, tomando uma água mineral ao meu lado. Até esse dia eu não desconfiava de que eles tivessem uma relação, e a cena que se produziu foi no mínimo embaraçosa: Rosquelles me cumprimentou com um misto de ódio e desconfiança; Nuria cumprimentou Rosquelles com uma impaciência sob a qual se adivinhava um pouquinho de felicidade; e eu, pego de supetão, demorei a compreender que o maldito gorducho não queria nada de mim mas vinha resgatar seu anjo louro. Perturbado com a presença dele, eu não soube o que fazer nem o que dizer, pelo menos durante os segundos iniciais, que Rosquelles aproveitou para tomar as rédeas da situação. Com um sorriso de porco perguntou pela saúde do meu filho, como que dando a entender que ele estava doente enquanto seu pai se divertia, e por sua pobre mãe, uma "mártir incansável" do bem-estar dos marginalizados. Nuria e eu nunca havíamos falado de Lola, e as palavras do gordo atraíram sua atenção de imediato. Mas Rosquelles estava embalado e intercalou suas perguntas com risinhos e alguns apartes a Nuria, do tipo o que está fazendo aqui, que surpresa encontrar você, achei que tinham roubado sua bicicleta etc., ditos com uma voz tão impostada que no fundo dava pena. Além disso, como era inevitável, não tardou a perceber que os cabelos de Nuria estavam molhados, recentemente lavados, como os meus, e me parece que tirou suas conclusões. Quando eu quis retomar a conversa, Rosquelles, tão fervilhante instantes atrás, havia caído numa espécie de marasmo: estava agarrado no balcão com as duas mãos, de olhos cravados no chão, pálido e desfigurado como se houvesse acabado de levar um coice de burro. Era o momento ideal para massacrá-lo, mas preferi observar. Ignorando-me totalmente, Nuria começou a falar com o gordo a meia-voz, de modo que eu não pudesse ouvi-los. Ele assentiu várias vezes, não sem dificuldade, como se estivesse enforcado; parecia a ponto de soltar as lágrimas quando foram embora. Ofereci-me para ajudá-los a pôr a bicicleta no bagageiro, mas garantiram que podiam cuidar disso sozinhos. No dia seguinte Nuria não apareceu no hotel. Telefonei para sua casa (era a primeira vez que o fazia) e me disseram que ela não estava. Deixei um recado pedindo que ligasse para mim, e esperei. Não soube mais nada dela durante uma semana. Durante esse tempo tentei pensar em outras coisas, distrair-me, talvez ir para a cama com outra mulher, mas só consegui entrar num estado de abatimento e desinteresse por tudo. De tarde falava com Lola por telefone, embora do hotel à sua casa não houvesse mais de quinze minutos; fiquei sabendo assim que ela pensava em ir de férias à Grécia e que provavelmente ao voltar deixaria a prefeitura de Z por um novo trabalho em Gerona. Lola saía com um basco recém-chegado à Costa Brava, um sujeito simpático, funcionário da administração pública, e a coisa entre eles estava ficando séria. Iriam juntos, de carro, e levariam o garoto. Perguntei-lhe se era feliz, ela respondeu que sim. Nunca fui tão feliz, disse. De noite, antes de ir para o meu quarto, tomava um drinque com Álex e conversávamos sobre qualquer coisa, menos trabalho. Astrologia, terapia do limão, alquimia, estradas do Nepal, cartomancia, quiromancia: ele é que escolhia o tema, conforme sua predileção. Às vezes, quando Álex estava ocupado demais com os livros contábeis (somos a fortuna número trinta de Z, ele costumava gritar do seu pequeno escritório junto à recepção, depois eu o ouvia rir sozinho, um riso de felicidade absoluta), deixava que meus passos me levassem até o Cartago e perguntava por Gasparín. Os garçons diziam que raramente ele aparecia por lá, mas nunca tive ânimo de prolongar meu passeio até o camping. Negativo, gente boa. Sua frase favorita. Naqueles dias, como prelúdio do que ia acontecer, a temperatura subiu a trinta e cinco graus. Parece que emagreci um quilo ou um quilo e meio. De noite me acordava uma sensação de sufocamento, e eu saía à varanda. Lá de cima, o ponto mais alto a que eu era capaz de chegar, a paisagem luzia de uma forma diferente: as luzes de Z, a linha quebrada da costa, mais longe as luzes de Y, depois a escuridão, uma escuridão aparente debruada pelo brilho dos incêndios florestais, detrás da qual estava X e, mais longe ainda, Barcelona. O ar era tão denso que ao levantar o braço eu tinha a sensação de penetrar algo vivo, quase sólido; o próprio braço parecia aprisionado por centenas de pulseiras de couro, úmidas e carregadas de eletricidade. Se a gente estendia os dois braços, como os sinalizadores de porta-aviões, tinha a sensação de estar metendo simultaneamente no cu e na boceta de um delírio atmosférico ou de uma extraterrestre. Apesar desses fenômenos o verão continuou se mostrando pródigo em turistas; por alguns dias as ruas de Z ficaram intransitáveis e o fedor dos óleos bronzeadores e protetores solares invadiu até o último recanto do vilarejo. Finalmente Nuria voltou ao Del Mar, na mesma hora de sempre e como se nada houvesse acontecido, embora eu tenha notado em seus gestos um ar de indecisão que antes não tinha. Sobre o ocorrido com Rosquelles só disse que ele não sabia nada do nosso caso e que era melhor que continuasse assim. Da minha parte considerei que não tinha nenhum direito, e na realidade nenhum motivo, para lhe fazer mais perguntas. Demorei para compreender que Nuria estava assustada...

# Gaspar Heredia:

## *Era improvável que os chefes aparecessem no camping*

Era improvável que os chefes aparecessem no camping depois da meia-noite, e de qualquer modo o Carajillo estava ali para me dar cobertura; ele nunca se incomodou com que eu chegasse tarde, ainda mais quando os atrasos estavam relacionados a uma boa causa. Evidentemente, precisei lhe dizer que enfim havia encontrado Caridad. Quando descrevi o casarão nos arredores de Z, o Carajillo disse que era o Palácio Benvingut e que era preciso ter muita coragem para passar a noite naquela construção dos infernos. Com certeza, acrescentou, a cantora de ópera acompanhava Caridad e uma apoiava a outra. Pelo menos uma delas era forte, pelo que lhe constava. O que quis dizer com isso? Ignoro. O mencionado palácio fazia o Carajillo lembrar-se de Remo Morán; com palavras roucas garantia que Morán era como Benvingut, ou que seria como Benvingut, algum dia retornaria à América com seu filho e com a bichona do Álex (de onde é mesmo o Morán?, perguntou. Do Chile, respondi sonolento) e construiria seu palácio para assombro de criminosos, ignorantes e moradores. Como aqui. Com pedras negras, se as encontrar. Gostaria que ele tivesse estado a meu lado na guerra, concluiu com os olhos fechados, sem especificar se era uma observação sarcástica, um insulto ou um elogio, ou as três coisas juntas. Tomei o cuidado de não mencionar daquela vez o gordo, a patinadora e a pista de gelo. Será que o Carajillo desconfiava? Não, temi que não acreditasse em mim. Ou em todo caso foi o que eu quis pensar então. Não pude dormir o resto da noite, embora os plácidos roncos do Carajillo convidassem ao sono. Da minha posição, com a testa grudada na parede de vidro, pude contemplar até o amanhecer os insetos girando em torno da luz da entrada. Às oito da manhã, sem tomar café, enfiei-me na barraca e dormi um longo sono, até as cinco da tarde, matizado de pesadelos que depois esqueci. Ao acordar, a barraca recendia a leite azedado e a suor. Do lado de fora, alguém estava me esperando; ouvi, dessa vez com clareza, meu nome ser repetido várias vezes; saí me arrastando, com os cabelos grudados e os olhos lacrimosos; ali fora, o peruano estava sentado numa pedra e ao me ver deu uma risada. Vamos até o depósito, disse, temos um problema. Acompanhei-o sem fazer perguntas. Precisamos achar a barraca da drogada que cagava no banheiro, explicou ao entrarmos no depósito, banhados por uma luz amarela fosca, luz filtrada por teias de aranha e colchões velhos. A barraca de quem?, perguntei sem me dar conta do que estava acontecendo. Melhor será eu ir me lavar, depois você me explica. O peruano não concordou, disse que era urgente encontrar a porra da barraca, e ato contínuo, com uma energia que tinha algo de falso, começou a fuçar entre centenas de objetos sem uso amontoados por toda parte; até no teto de madeira, cruzado por uma rede de arames, estavam pendurados grelhas de churrasqueira, lampiões a gás, toldos, frigideiras, mantas militares, enquanto nas paredes havia todo um arsenal de ferramentas para cavar valetas e caixas de papelão, algumas em bom estado, outras úmidas e mofadas, cheias de fusíveis inúteis, que somente Bobadilla sabia por que cargas-d'água eram guardadas ali. Saí sem dizer nada, lavei o rosto, o peito, os braços, pus a cabeça debaixo da torneira até meus cabelos ficarem totalmente molhados, depois, sem me enxugar, porque não havia nenhuma toalha à mão, voltei ao depósito. Você devia saber onde está, disse o peruano, ajoelhado diante de um lote de placas de trânsito, verde sobre branco, de todo tipo, arrumadas de lado sob o que parecia ser um bote murcho. Perguntei que diabos estava procurando e foi assim que soube que o namorado de Caridad tinha voltado ao camping. Agora todas as dívidas estavam pagas, o peruano disse, e o homem exige sua barraca. Por um instante pensei que Caridad viera com ele, mas o peruano rapidamente esclareceu que o cara estava sozinho e que nem sequer havia perguntado pelo paradeiro da sua mina. Vinha passar uns dias no camping e havia saldado a dívida, inclusive os dias em que Caridad ficara lá sem ele. No lugar onde havia deixado a barraca encontrei uma caixa de bandeiras velhas, dessas que num alarde de internacionalismo se desfraldam na entrada dos campings, praticamente destroçadas por sucessivas temporadas na intempérie. O peruano começou a tirar as bandeiras e nomeá-las uma a uma, com nostalgia, como um ex-presidiário recitando os cárceres em que consumiu sua juventude: Alemanha, Grã-Bretanha, Estados Unidos, Itália, Holanda, Bélgica, Suíça, Dinamarca, Canadá... Exceto nos Estados Unidos, já morei em todos os países, disse. Uns metros adiante, encostada num armário todo desconjuntado, encontramos a barraca. Com uma das bandeiras que o peruano agora fazia ondular como se estivesse toureando, limpei a poeira que a cobria e sugeri que descansássemos um pouco. O peruano me observou com curiosidade; estávamos ambos suando, e a poeira que pairava dentro do depósito colava na pele formando grumos. Permanecemos em silêncio um bom tempo, envoltos na luz amarela que só então descobri ser produzida pelos jornais velhos que faziam as vezes de vidro. No meio, como a tábua compartilhada pelos náufragos, a barraca onde Caridad dormira, tivera pesadelos e fizera amor. Eu a teria apertado contra o meu peito, se o peruano não estivesse ali, impaciente por sair. Pegamos a barraca, um de cada lado, e acompanhei-o à recepção porque tinha vontade de ver a cara do amigo de Caridad. Quando chegamos, o cara já havia saído e decidi que não tinha vontade de esperar que ele voltasse. O peruano e a recepcionista notaram algo na minha atitude. De acordo com a recepcionista, o amigo de Caridad provavelmente não demoraria, devia estar tomando uma cerveja ou escolhendo o lugar para armar a tenda, mas meu instinto fez com que me afastasse dali imediatamente. Deixei que meus passos se amoldassem ao fluxo do resto dos passantes, pensando se encontraria Caridad na rua ou se teria a força necessária para me dirigir ao velho casarão dos arredores. Ao chegar ao Paseo Marítimo tentei refazer o percurso do dia anterior junto dos jardins. Numa extremidade da esplanada, onde haviam estado as equipes de asa-delta, começava a se instalar uma banda de sardanas. Quando perguntei se o concurso de asa-delta havia terminado obtive uma resposta afirmativa. O que aconteceu com o último piloto? Meu interlocutor, um velho que passeava com o cachorrinho, deu de ombros. Todos se foram, falou. Por um instante permaneci encostado no tronco de uma árvore, de costas para o terraço dos cafés, ouvindo os primeiros acordes da banda; depois deixei o Paseo e mergulhei nas ruelas do porto. Reconheci alguns bares da noite anterior; num estabelecimento de totó e máquinas de jogo acreditei avistar a cabeleira negra de Caridad, mas não era ela. Escapei do burburinho caminhando para cima, para as ruas que finalizam sua ladeira na igreja. Logo me encontrei vagando por ruas silenciosas onde os únicos sons provinham das janelas

87

abertas e dos aparelhos de tevê. Voltei à parte baixa por uma avenida cheia de tílias e de carros mal estacionados. Não soprava nem uma brisa. Antes de chegar ao primeiro terraço, acima da gritaria generalizada, ouvi a voz de Carmen. Assomei à porta de um bar chinfrim, numa das laterais do Paseo, e ali estava ela, sentada em meio a uma clientela não muito numerosa, tomando um café com leite e um copo de conhaque. Pedi uma cerveja e procurei um lugar junto dela. Carmen demorou para me reconhecer, mas quando reconheceu fez como se estivesse me esperando aquele tempo todo. Olá, bonitão, disse, vou lhe apresentar um amigo. Na cadeira ao lado um homem de idade indefinida, podia ter tanto quarenta quanto sessenta, pequeno, magro, dono de uma volumosa cabeça em forma de pêra, estendeu-me a mão com grande correção. Vestia calça de linho folgada, de cor azul, e uma camiseta amarela de mangas curtas. Quando tornamos a sentar, depois das formalidades da apresentação, Carmen avisou que de um momento para o outro ia começar sua atuação. Tive a impressão de que dizia aquilo para o caso de eu querer ir embora, mas fiquei ali sem fazer nenhum comentário. Seu acompanhante então falou: não há nada como o canto para o calor do verão, disse cerimoniosamente, com um tom em que se adivinhavam em igual dose a timidez e o bem-estar. Para confirmar sua opinião mostrou-nos uns dentes compridos de coelho, manchados de nicotina. Cale a boca, Recruta, que você só diz merda, Carmen disse levantando-se e, após um breve pigarrear, começou a cantar um *cuplé*,* ou algo do gênero, cabeça e busto imóveis como se de repente tivesse tido um ataque ou houvesse se transformado em estátua da cintura para cima, os pés cautelosos avançando com a sola inteira plantada no chão, as mãos esvoaçantes marcando o compasso do *cuplé* e,

---

* Típica cançoneta espanhola, geralmente com letra satírica e picante. (N. T.)

ao mesmo tempo, astutamente recolhendo as moedas que o público lhe oferecia. O trecho percorrido foi breve, na medida da canção, e a interpretação obteve duas ou três frases elogiosas em que se adivinhava a saciedade com o já ouvido. Ao voltar para junto de nós, Carmen tinha na mão trezentas pesetas que abateu, como se estivesse jogando dominó, ao lado do seu café com leite e do seu copo de conhaque, enquanto fazia uma ligeira reverência em direção à porta onde não havia ninguém. Viva a sua mãe, o Recruta disse, e tomou de um só gole o que restava da bebida, uma cuba-libre, a julgar pelo aspecto. Chega de besteira e bico calado, foi a sonora resposta da cantora, vermelha com o esforço feito. Em seus gestos, por exemplo no que acabava de fazer em direção à porta vazia, era possível adivinhar uma espécie de urbanidade na qual nada era improvisado, e todas as reverências e olhares obedeciam a um plano que a cantora seguia ao pé da letra. O Recruta se mexeu na sua cadeira, feliz, e pediu em voz alta outra cuba-libre. Carmen, a seu lado, tomava aos golinhos seu café com leite vigiando minhas mãos com o rabo dos olhos. Na parede, entre flâmulas de times de futebol, um relógio marcava nove da noite. Com modos altaneiros, o garçom pôs na nossa mesa outra cuba-libre. Vivam os culhões do seu pai, o Recruta sussurrou e mandou goela abaixo três quartos do copo. Morram os desprezos e morram as insídias, acrescentou. Você também perdeu o norte, bonitão. Perguntei que história era aquela de bonitão. O Recruta riu bem baixinho, e bateu na superfície da mesa com o nó e a ponta dos dedos. Ela não vai vir, Carmen disse. Ela quem? Caridad, ora, quem mais? A cantora e o Recruta se olharam de forma significativa. Preciso ir embora, falei. Vá, menino, o Recruta murmurou; tinha os olhos vítreos e risonhos, mas não estava de porre. Por um segundo me pareceu um boneco, ou um anão que de repente havia decidido crescer. Não me mexi da cadeira. Não sei quanto tempo passou; lembro-me de que o suor escorria pelo meu rosto como se estivesse chovendo e que em determinado momento olhei para o Recruta e vi que seu rosto, de pele morena e lustrosa, estava completamente seco. O bar fora se enchendo de gente, e Carmen, sem dar nenhum aviso, levantou-se e repetiu o número. Parece-me que dessa vez cantou uma música mais forte, mas não posso garantir; uma música mais forte e mais triste. Agora sei que eu não queria sair dali porque sabia que ao chegar à rua teria que decidir entre ir trabalhar ou dirigir meus passos para os arredores de Z. Finalmente meu medo foi maior, e andando apressado, como se alguém me perseguisse, voltei ao camping...

# Enric Rosquelles:

*Como acham que me senti quando soube...?*

Como acham que me senti quando soube que entre Núria e Remo Morán havia mais do que amizade? Péssimo, eu me senti péssimo. Parecia que o mundo tinha se aberto debaixo dos meus pés, e meu espírito se rebelou ante o que considerei um sarcasmo e uma injustiça. Deveria dizer: a repetição de uma injustiça, pois anos antes eu tivera a ocasião de em circunstâncias similares ver Lola, minha melhor assistente social, uma moça eficientíssima, de moral e equilíbrio invejáveis, cair nas garras do mencionado comerciante sul-americano, que não demorou para destroçar sua vida. Tudo em que Morán tocava se envilecia, se empobrecia, se sujava. Agora Lola está divorciada e aparentemente leva uma vida normal, mas sei que por dentro sofre e que talvez leve anos até recuperar o frescor, a alegria que irradiava antes do seu infortunado encontro. Não, nunca gostei de Morán; como se costuma dizer, nunca consegui engoli-lo; tenho uma capacidade inata para julgar as pessoas e desde o primeiro momento soube que se tratava de um farsante, de um rematado fingido. Houve quem dissesse que eu o odiava porque era um artista. Artista! Adoro arte! Do contrário, por que teria jogado minha segurança e meu futuro na pista de gelo? Ocorre simplesmente que ele não me enganou com seu ar de quem está desiludido de tudo. Tinha chegado de uma guerra? Havia aparecido uma vez ou outra na televisão? Tinha uma de trinta centímetros? Que nada! Meu Deus, meu Deus! Estou rodeado de cães raivosos! Meus antigos subordinados, os mais baixos fofoqueiros das Feiras e Festas, da Juventude, os voluntários da Defesa Civil, todos aqueles de que cortei alguma vez o orçamento, que mudei para salas menores ou que botei pura e simplesmente no olho da rua porque não queria inúteis nos meus departamentos, agora vão à forra inventando histórias que favorecem o sul-americano e me prejudicam. Morán é um pobre-diabo que nunca esteve em guerra nenhuma, que talvez tenha aparecido na televisão (no programa regional) agora que todo mundo aparece e, por fim, devo lhes dizer que há muito tempo sei que tamanho não é documento. Um homem deve ser carinhoso e meigo para ser homem e ser querido! Ou será que vocês pensam que ele vai enfiar os trinta centímetros dele no clitóris dela?! Ou que com os trinta centímetros vai despertar o ponto G?! Quando penso em Lola andando pela praia de mãos dadas com seu filhinho, uma criança que tiveram a triste idéia de batizar com um nome índio que sou incapaz de reter na memória, meu ódio ou o que vocês chamam de meu ódio por Morán encontra todas as justificativas. Sim, tentei ferrá-lo, mas sempre dentro da mais estrita legalidade. Em toda minha vida, antes dos desafortunados incidentes do Palácio Benvingut, eu o tinha visto umas três vezes, e nas três, creio me lembrar, se gabou de driblar a regulamentação vigente no que concerne aos estrangeiros sem visto de trabalho. Morán e os camponeses dos arredores de Z eram, que eu saiba, os únicos que acreditavam estar à margem da lei. Nas lavouras, pelo menos de alguns campônios, era compreensível embora não desculpável: era necessário colher os pés de alface, por exemplo, e a disponibilidade de trabalhadores avulsos se reduzia aos negros, a maioria sem documentos em ordem. Não gosto de negros. Menos ainda quando são muçulmanos. Em certa ocasião, como quem não quer nada, sugeri à minha equipe de trabalho do Departamento de Serviços Sociais um projeto para inserir todos os jovens marginais de Z num amplo leque de trabalhos da terra, semear, colher, dirigir tratores e até vender no mercado todas as manhãs; teria sido sensacional ver essa leva de futuros marginais, quando não de drogados, lavrando a terra. É claro que a idéia foi rechaçada quase como se eu houvesse dito uma piada. Nem eu mesmo acreditava suficientemente nela. Não sei, tinha um quê de trabalho escravo, disseram, publicidade negativa. Enfim, nunca saberei. Como dizia, os camponeses tinham razões de peso. Já Morán contratava cupinchas só para ficar coçando o saco! Uma vez, de passagem, comentei isso com Lola, quando ela ainda era casada com ele, e não esqueci sua resposta. Segundo Lola, Morán dava trabalho aos amigos que tivera aos dezoito anos, a um grupo de poetas que o tempo e as circunstâncias haviam feito aportar na Pátria Amada. Ele os encontrava, ou o acaso somado à sua vontade fazia que os encontrasse, lhes dava trabalho, fazia-os economizar (obrigava-os a economizar) e no fim da temporada, indefectivelmente, seus velhos companheiros regressavam aos respectivos locais de origem na América. Ou pelo menos era isso o que Morán contava a Lola; ela nunca chegou a ter intimidade com nenhum deles, embora todos lhe parecessem dignos de serem tratados profissionalmente. Seres maltrapilhos e feridos, ressentidos, inadaptados, silenciosos, doentes, com os quais ninguém gostaria de encontrar numa rua deserta. Devo dizer que apesar do abismo que me separava do seu marido, a Lola me uniam, acredito que ainda seja assim, uma amizade e um companheirismo só superados pelo que me ligava à prefeita, de modo que nada podia me fazer duvidar das suas confidências. Os referidos poetas, uns perfeitos desconhecidos tanto na Espanha como na América espanhola, nunca foram muitos, na realidade deviam se confundir com o resto do variado pessoal, em que havia gente para todos os gostos. Nunca vi nenhum, e se agora me lembrei desta história é pelo ressaibo de filme de terror que deixou em mim. Em todo caso, como fiz ver a Lola, aquilo era um ato de amizade para com seus ex-colegas ou ele pretendia se desfazer deles? Segundo Lola, talvez nem todos tenham voltado para a América Latina, talvez simplesmente não tenham voltado a Z, e pronto, porém creio mais na simetria das temporadas de verão e das viagens de volta. Outra questão era se voltavam com as mãos abanando, com exceção das poucas pesetas que conseguissem economizar, ou se a viagem era uma maneira de continuar trabalhando para Morán, como mula ou mensageiro. A droga, como se sabe, rola solta em Z, e em mais de uma oportunidade, mas devo dizer honestamente que sem provas, ouvi dizer que Morán estava metido no negócio. Isso, é claro, nunca comentei com Lola, antes de mais nada por respeito, afinal de contas era o pai do filho dela. Em duas oportunidades telefonei para uns conhecidos de Gerona, para saber se poderiam pegá-lo por lá. Resultado: zero absoluto. A gente só morre quando leva uma injeção na bunda. Nem é preciso dizer que todas as visitas dos fiscais do trabalho foram inúteis. Eu não tinha muitas ilusões a esse respeito: conheço esse tipo de burocratas como se os houvesse parido e sei que nunca devem ter tentado pegá-lo de surpresa, chegar em horas inesperadas, interrogar todo pessoal, informar-se com os vizinhos etc. Com os métodos tradicionais, Morán sempre escapuliu, sem nem sequer uma multazinha, só para constar. Outra saída teria sido denunciá-lo aos sindicatos, mas minhas relações com os sindicalistas de Z não é das melhores.

Só uma vez em toda minha vida cheguei às vias de fato: faz uns cinco ou seis anos, na porta da sede da União Geral de Trabalhadores, tive que enfrentar um grupo de exaltados. Ao lado de um policial municipal, hoje aposentado, oito ou nove brutamontes da comissão de greve. A verdade é que eram tantos que não lembro com exatidão quantos eram. A briga por sorte foi no tapa e breve, e seu desenrolar e desfecho foi mais na base dos empurrões do que da porrada. De qualquer maneira, terminei com o nariz sangrando e com uma sobrancelha aberta, e Pilar deixou não sei que coisa importante para vir me ver no mesmo instante. Estranho: eu, que na minha infância nunca agredi nem fui agredido, precisei vir para Z, trabalhar como um mouro e conhecer o amor para que me chovessem pauladas. A Núria, quero que isso fique claro, não disse nada; nem uma recriminação, nem nada que ela pudesse entender como tal. Engoli a raiva, o ciúme (por que não confessá-lo) e o estupor que todo aquele caso produzia em mim. Em seus gestos, em seu modo de abordar o tema, vi claramente que o caso com Morán era uma coisa que nem ela entendia direito e que minha intromissão só contribuía para piorar a situação. Ela mentiu e eu fingi acreditar. A dor fez que meu amor, sem decrescer de intensidade, experimentasse novas variações, novos prazeres mentais. Claro, não me faltavam coisas com que me ocupar; minha antipatia por Remo Morán nunca consumiu, bendito seja Deus, mais do que três por cento das minhas paixões. Foi naquela época que tornei a sonhar com a pista de gelo. O sonho parecia o prolongamento do que eu já tivera: lá fora o mundo suportava mais de quarenta graus à sombra e no interior do Palácio Benvingut um ar gelado quebrava os velhos espelhos. O sonho começava no momento em que eu calçava os patins e saía correndo, sem nenhum esforço, pela superfície branca e lisa, de uma pureza que então me parecia sem igual. Um silêncio profundo, definitivo, envolvia tudo. De repente, impulsionado pela própria força da minha patinação, saía da pista, do que acreditava ser a pista, e começava a patinar pelos corredores e pelos aposentos do Palácio Benvingut. A maquinaria deve estar louca, pensava, e cobriu de gelo a casa inteira. Deslizando a uma velocidade vertiginosa, chegava ao terraço superior de onde contemplava certo ângulo do vilarejo e as torres de eletricidade. Elas pareciam sobrecarregadas, a ponto de estourar ou de sair andando para o mar. Mais atrás via um pequeno pinheiral em declive, quase negro, e acima umas nuvens vermelhas como bicos de pato apenas entreabertos. Bicos de pato com dentes de tubarão! Pela estrada principal, muito lentamente surgia a bicicleta de Nuria no preciso instante em que pipocavam labaredas gigantescas em Z. O clarão durava somente alguns segundos, depois a escuridão cobria todo horizonte. Estou perdido, pensava, chegou o apagão geral. Acordava quando sob os meus pés o gelo começava a derreter numa velocidade inusitada. Esse sonho me fez lembrar de um livro que li na adolescência. Segundo o autor do livro (cujo nome esqueci), existe uma lenda ou algo assim sobre a luta entre o bem e o mal. O mal e seus seguidores impõem a força do fogo sobre a terra. Eles se expandem, travam combates, são invencíveis; em sua derradeira batalha, a mais importante, o bem descarrega gelo sobre os exércitos do mal e os detém. De forma paulatina, o fogo se apaga da face da terra. Deixa de ser um perigo. A vitória final é para os seguidores do bem. No entanto, a lenda adverte que a luta não tardará a se reiniciar já que o inferno é inesgotável. Minha sensação, quando o gelo começava a derreter, era precisamente esta: que o Palácio Benvingut e eu mesmo afundávamos a pique no inferno...

# Remo Morán:

## *Decidi ir buscar Nuria em sua casa*

Decidi ir buscar Nuria em sua casa, coisa que eu nunca havia feito antes, e foi assim que conheci sua mãe e sua irmã, a pequena e lindíssima Laia. Era uma escaldante tarde de sol, mas as pessoas não se privavam de transitar pelas ruas repletas de barracas de comida e sorvete, e com mercadorias de todo tipo, que as lojas empurravam até quase a beira da calçada. Uma mulher magra, um pouco mais baixa do que Nuria, abriu a porta e me convidou a entrar sem mostrar surpresa, como se esperasse minha visita desde havia muito. Nuria não estava. Quis ir embora, mas era tarde demais, a mulher, com um gesto cortês mas decidido, bloqueava a saída. Não demorei a compreender que pretendia me arrancar informações acerca da filha. Na sala para onde fui empurrado havia troféus sobre pequenos pedestais de mármore falso; de ambos os lados da lareira, como velhos anúncios de recompensa, havia na parede fotos e recortes de imprensa emoldurados com vidro e esquadrias de alumínio. Neles via-se Nuria patinando, sozinha ou acompanhada, e alguns recortes estavam escritos em inglês, francês, algo que talvez fosse dinamarquês ou sueco. Minha filha patina desde os seis anos, anunciou a mãe, de pé na soleira da porta que separava a sala de uma cozinha espaçosa e com as persianas abaixadas, o que dava ao local um ar de bosque escuro, de clareira de bosque à meia-noite. Na sala, as cortinas filtravam uma luz amarela e agradável. Você já viu minha menina patinar?, a mãe perguntou em catalão, mas, antes que eu pudesse responder, repetiu a pergunta em castelhano. Respondi que não, que nunca a tinha visto patinar. Fitou-me como se não acreditasse em mim. Tinha olhos tão azuis quanto os de Nuria, mas nos da mãe não era possível vislumbrar a vontade acerada que refulgia nos da filha. Aceitei uma xícara de café. Do fundo da casa chegava um ruído monótono e regular, pensei que deviam estar rachando lenha, mas era absurdo. Você é sul-americano?, a mãe inquiriu sentando-se numa cadeira de flores sépia sobre fundo cinzento. Respondi afirmativamente. Nuria ia demorar muito? Isso nunca se sabe, disse olhando para uma sacola de onde sobressaíam agulhas e novelos de lã. Menti sobre a minha disponibilidade de tempo, se bem que de alguma maneira já sabia que não ia poder me livrar tão facilmente dela. De que país? Da Argentina? O sorriso da mãe, apesar de mais para o neutro, parecia me dar tapinhas nas costas me convidando a me abrir. Respondi que era chileno. Ah, bom, do Chile, a mãe disse. E o que faz? Tenho uma loja de bijuterias, murmurei. Aqui em Z? Movi a cabeça confirmando. Que engraçado, a mãe comentou, Nuria nunca tinha me falado de você. O café estava pelando mas tomei-o rápido, às minhas costas alguém deu um guincho, com o rabo do olho vi passar uma sombra em direção à cozinha e a mãe lhe disse: venha cá, quero apresentar você a um amigo de Nuria. Na minha frente, com uma lata de Coca-Cola na mão, apareceu a caçula da família Martí. Apertamos a mão e sorrimos. Laia sentou-se ao lado da mãe, separadas apenas pela sacola de tricô, e esperou; lembro-me de que usava calça curta e que nos joelhos pude ver grandes crostas marrons. Meu marido só a viu patinar uma vez, mas morreu feliz, a mãe disse. Observei-a sem entender palavra. Por um momento imaginei que queria me dizer que o seu marido tinha morrido enquanto via Nuria patinar, mas obviamente era um despropósito pensar isso, e ainda mais pedir uma explicação, de modo que me limitei a assentir com a cabeça. Morreu no hospital, disse Laia, que não tirava os olhos de mim enquanto sorvia sua Coca-Cola com uma lentidão de arrepiar; no quarto 304 do hospital de Z, completou. A mãe contemplou-a com um sorriso de admiração. Outro café, Morán? Disse que não, muito obrigado, embora o primeiro estivesse delicioso. Coisa estranha, naquela altura eu tinha a impressão de que a decisão de ir ou ficar já não dependia de mim. Sabe o que Nuria está fazendo ali? Pensei que Laia se referia à Nuria de carne e osso, e me virei, sobressaltado, mas às minhas costas só havia o corredor vazio. O dedo indicador de Laia assinalava uma das fotos emolduradas. Confessei minha ignorância e ri. A mãe, compreensiva, riu comigo. Disse ter pensado que Nuria estava atrás de mim, que boboca. Aquilo é um "laço", Laia disse, um "laço". E sabe o que está fazendo ali? A foto tinha sido tirada de longe, para que se visse bem a magnitude da pista e do público; no centro, um pouco inclinada para a direita, uma Nuria com os cabelos mais curtos havia sido imobilizada no instante de uma fuga quimérica. Aquilo é um "bracket", Laia disse. E aquele é o fim de uma série de "três". E aquela figura é a "catalã", inventada por uma patinadora catalã. Depois de confessar minha admiração, dediquei-me a examinar as fotos uma a uma. Em algumas Nuria talvez não tivesse mais de dez ou doze anos, tinha pernas que pareciam espaguete e era bem magricela. Em outras patinava com um garoto de cabelos compridos e corpo atlético, os braços entrelaçados, ambos sorrindo ostensivamente: dentes brancos, expressão concentrada e, mesmo assim, felizes. No redemoinho de fotos logo me senti esgotado e triste. Quando Nuria volta?, perguntei. Minha voz soou como uma queixa. Mais tarde, depois do treino, Laia disse. Sua mãe, sem que eu percebesse, havia pegado as agulhas e agora tricotava com uma expressão de satisfação no rosto, como se houvesse averiguado tudo que queria averiguar. Treinando? Em Barcelona? Laia me deu um sorriso camarada: não, em Z, patinando, ou correndo, ou jogando tênis. Patinando? Pa-ti-nan-do, Laia repetiu, sempre volta tarde e, depois de se certificar de que sua mãe não prestava atenção na gente, me disse ao ouvido: com Enric. Ah, suspirei. Conhece o Enric?, Laia indagou. Respondi que sim, que o conhecia. Quer dizer que todos os dias treina com o Enric? Todos os dias, Laia gritou, até domingo...

# Gaspar Heredia:

## *Sou um recruta neste vilarejo infernal, o Recruta disse*

Sou um recruta neste vilarejo infernal, o Recruta disse quando perguntei por que o chamavam assim. Um recruta, um novato aos quarenta e oito anos, um bocó que não conhece as artimanhas nem tem amigos em que se apoiar. Catar nas lixeiras lhe dava algum dinheiro, o resto do dia vagava por alguns bares afastados da praia, nada turísticos, nas saídas de Z, ou então grudava como um marisco na sombra sempre imprevisível de Carmen. Ela é que lhe tinha posto o apelido de Recruta e era em sua voz que ele soava melhor: Recruta, faça isto, Recruta, faça aquilo, Recruta, me conte suas mágoas, Recruta, vamos beber. Quando Carmen dizia Recruta, podia-se escutar a música de fundo de uma rua da Andaluzia cheia de pobres recos de licença, em busca de uma pensão barata ou de um trem para escapar do cataclismo tantas vezes sonhado; seu soletrar arrastado e luminoso, que aliás encantava tanto o Recruta que ele chegava a revirar os olhos, tinha um quê de banheiro masculino coletivo com um furinho no teto, pelo qual a filha menor do comandante observava a tortura de todas as manhãs sob as duchas frias. Bem, então uma ducha fria era algo tentador, o calor espessava o ar e a gente passava as horas se amargurando e se esbaforindo, mas na voz de Carmen essa ducha fria era terrível. Terrível, sim, mas desejável e metodicamente maravilhosa; o Recruta trabalhava nas lixeiras ou pedindo as caixas de papelão diretamente nas lojas e mercadinhos, depois vendia sua mercadoria a um coletor de lixo, o único de Z, um pilantra explorador de primeira, e concluía então sua jornada. O resto do dia tentava passar junto de Carmen, objetivo nem sempre alcançado. Claro, aquela era a sua primeira estada em Z, embora a amizade com a cantora remontasse a um ou dois anos atrás, em Barcelona. Por ela vim bater neste vilarejo impiedoso, explicava a quem quisesse ouvi-lo, seguindo essa caprichosa cheguei numa noite de cão, chefe, e ela muitas noites nem sequer ficava comigo. Ao que Carmen respondia que sua independência era a coisa que ela mais prezava e que o Recruta tinha que aprender com os catalães a tolerância, o civilizado exercício de enfrentar as contrariedades com calma. Sabe que há coisas que não se podem saber, Recruta? E que fazer perguntas é feio? O Recruta movia a cabeça e as mãos, assentindo com desespero; era evidente que as explicações da cantora não o convenciam. Seu maior medo era que o distanciamento, embora temporário, propiciasse a morte, uma morte súbita, noturna, dupla. O pior de morrer sozinho, dizia, é não poder se despedir. E para que você quer se despedir quando estiver morrendo, Recruta? Melhor é pensar nas pessoas de que você gosta e dizer adeus a elas com a imaginação. Falavam com freqüência da morte, às vezes de maneira beligerante, mas a maior parte do tempo o faziam de forma distanciada, como se a coisa não fosse com eles, ou resignados, como se o cálice ruim já houvesse sido tragado até a última gota. A história de dormir sozinho era o único motivo de briga verdadeira. Brigas ocasionais. O Recruta queria dormir todas as noites com

Carmen, e a gente notava os receios, as raivas, o sentimento de orfandade que sua negativa lhe causava. A amizade entre ambos havia nascido num centro de acolhimento de mendigos e se sustentava no ar, afirmavam triunfais. É que a vida não tem comparação, Carmen dizia, vejam por exemplo as plantas, tão gratas que lhes basta um dedinho d'água, e as árvores chamadas carvalhos, e os chamados pinheiros-italianos, que um incêndio destrói e com uma mijadinha suja voltam a crescer, ao que o Recruta acrescentava que não passando frio e tendo o que pôr na boca ele se conformava. Com voz sonhadora, talvez recordando "A dama e o vagabundo", a cantora dizia que o Recruta era um bronco e ela uma senhorita, que se há de fazer. Para remediar essa situação talvez, tinham criado o hábito de contar histórias e às vezes passavam horas revisando seu próprio passado, compartilhando isso, de maneira que era possível imaginar que se conheciam desde os cinco anos e que eram testemunhas de cada peripécia um do outro. Tinham fé no futuro: a Espanha caminha para a glória, costumavam dizer. E tinham fé também em seu futuro particular. Tudo ia se arranjar, quando chegasse o outono não precisariam ir embora de Z, nem quando chegasse o inverno, ao contrário, iam ter uma boa casa com lareira ou com estufa elétrica para não passar frio e uma televisão para se distrair, e o Recruta, com paciência, conseguiria um trabalho, nada rotineiro, nada de se esfalfar todos os dias porque essa era uma escravidão que já não toleravam, porém estável, talvez limpar vidros de lojas e restaurantes, talvez vigiar edifícios de apartamentos vazios, talvez ser jardineiro na casa dos ricaços da comarca, ainda que para isso fosse preciso ter um carro e ferramentas adequadas. O Recruta arregalava muito os olhos quando Carmen pintava o futuro com essas cores. E você, vai fazer o quê, Carmen? Vou dar aulas de canto, cultivar a voz das crianças, levarei a vida no sossego. Vivam os culhões do seu pai, é assim que gosto das mulheres: pra cima, pra baixo! Tudo que sobe desce e tudo que chega ao fundo volta à superfície, o Recruta exclamava cheio de fervor. Tenho um projeto, Carmen me confessou, um projeto do qual não posso dizer nem uma palavra, antes morrer do que abrir a boca. Mas a tentação pôde mais do que sua prudência, ou então se esqueceu de que não era para falar, e uma tarde, a traços largos, nos explicou o que pensava fazer: antes de mais nada iria registrar domicílio em Z, depois visitaria o faz-tudo da prefeita e lhe pediria, pediria não, exigiria, uma habitação com financiamento subsidiado para pagar em trinta anos, finalmente, para arrematar o todo, contaria a ele algumas coisas como prova da veracidade das suas informações, a ele ou à prefeita em pessoa, tanto fazia, ele mesmo que escolhesse. Como é que você sabe quem é o faz-tudo da senhora prefeita?, o Recruta perguntou. Por experiência, a cantora disse, e enquanto passava pelos cabelos um pente verde começou a nos contar o que lhe havia acontecido numa estada anterior em Z, dois ou três anos atrás, não lembrava direito, talvez quatro anos, do que se lembrava muito bem, isso sim, era das visitas diárias à prefeitura de Z para pedir auxílio. O Purgatório. Naqueles dias Carmen pensou que estivesse gravemente doente e teve medo. Medo de morrer sozinha e desamparada, como dizia o Recruta. Mas não morreu. Conheci então todas as víboras da administração pública! Todos os chacais e abutres! Democratas desde criancinha dispostos a me deixar morrer, sem se compadecer nem sequer sorrir quando eu fazia uma piada ou imitava Montserrat Caballé para eles! Nunca confiei nessa gente de escritório, bonitão. Todo mundo que trabalha em escritório é filho-daputa e está condenado a ser passado à faca de uma maneira ou de outra. Só uma mocinha quis me ajudar de verdade: a assistente social, uma moça muito bonita e, além do mais, conhecedora dos vaivéns dos clássicos. Dos clássicos da ópera, claro. Foi assim que conheci o faz-tudo da prefeita, quer dizer, foi assim que conheci as entranhas dele, mais negras do que as de um poço. Só para você ter uma idéia: insisti tanto em falar com a prefeita, que seu secretário me encaminhou ao tal faz-tudo e este à assistente social. A moça teria resolvido meu problema, mas não deixaram. Sei disso porque todas as manhãs eu marcava ponto na sala de espera dos educadores de rua e assistentes sociais, antes de mais nada porque os chamados horários de atendimento não são bons para o canto e porque na sala de espera havia ar-refrigerado. E sou louca por ar-refrigerado, bonitão. Bom, então ouvi o faz-tudo atrás de uma porta, mais parecia o deus do trovão rogando praga contra um monte de coisas em geral e contra mim em particular. Meu pecado era não estar domiciliada em Z, e aí a coisa empacou. Não tenho carteira de identidade, só o cartão da Caritas e o de doadora de sangue da Cruz Vermelha, de modo que você pode imaginar. Não sou domiciliada em lugar nenhum, mas até os policiais, quando me param, sabem que essas coisas precisam ser perdoadas. Acabei me recuperando sozinha e não precisei mais da ajuda dele. O corpo se alegra quando está sadio e se esquece de tudo, mas eu não me esqueci da cara do infame. Agora sei de algumas coisinhas que inclinam a balança a meu favor (minha fonte de informação é cristalina) e vou pedir tudo que eu quiser. Não uma cama de hospital, mas uma casa e facilidades para começar uma nova vida, que já merecemos. Que tipo de coisinhas sabia, não quis dizer. Aquilo me cheirava a chantagem, mas era difícil imaginar Carmen fazendo o papel de chantagista. O Recruta sugeriu que em vez de uma casa pedisse um trailer, assim poderiam ir de um lugar para o outro. Não, uma casa, a cantora disse, uma casa para pagar em trinta anos. Por um bom tempo ficamos rindo e falando de casas, até que me ocorreu perguntar o que Caridad tinha a ver com aquilo tudo. Caridad é uma moça muito inteligente, a cantora disse piscando o olho para mim, só que agora está um pouco mal e eu cuido dela; quando eu arranjar a casa ela poderá morar comigo. Você é generosa como o sol, o Recruta disse com uma ponta de inveja. Sou dessas que não existem mais, Recruta, Carmen retrucou. E se ninguém te der bola, o que vai fazer? Se quem não me der bola, bonitão? Os caras da prefeitura, o cara da prefeita, o mundo em geral... Carmen caiu na gargalhada, tinha dentes lascados e díspares, e quase não lhe restavam molares, mas em compensação possuía uma mandíbula forte, compacta, dessas que vão para a frente em momentos de desalento. Você não sabe do que estou falando, me disse, não sabe o banzé que estou disposta a armar. Você e Caridad? Eu e Caridad, a cantora disse, porque duas cabeças pensam melhor do que uma...

# Enric Rosquelles:

## *Sempre percebi olhares carregados de ressentimento*

Sempre percebi olhares carregados de ressentimento, mas os primeiros olhares em que se misturavam em dose igual a insídia e a expectativa, uma novidade, só comecei a notá-los neste verão, meu último verão em Z. Inicialmente atribuí aquilo à proximidade das eleições, na prefeitura não faltava gente que havia quatro anos aguardava a derrota de Pilar e, por conseguinte, a minha. Demorei para perceber que desta vez a coisa era diferente, uma espécie de desconfiança não formulada tinha se instalado mais na pele do que na mente dos funcionários superiores e subalternos que não estavam de férias. Tentei ser simpático mas não adiantou nada, os olhares continuaram grudados nas janelas e nas mesas, nos sanitários e nas escadas. Nem uma só palavra desrespeitosa, nem uma só piada com dupla intenção, mas a sensação de estar sendo vituperado continuava latente. Terminei, como sempre, atribuindo tudo ao estresse, aos meus horários exagerados, aos meus assuntos particulares, porque a verdade é que ninguém tinha me dito nada que pudesse ser interpretado como uma crítica, e alguns, os de sempre, não poupavam elogios a qualquer decisão que eu tomasse e chegasse a bom porto. Até os projetos que naufragavam no meio da rota, para continuar com as metáforas marinheiras, eram premiados com algum aplauso, com alguma frase de consolo, como por exemplo que a estrutura do vilarejo ainda não estava preparada para isto ou aquilo etc. O fato é que baixei a guarda, e esses sinais, que poderiam ter me servido tanto se tivesse conseguido lê-los de forma correta, passaram sem me causar mais do que uma ligeira impressão de assédio, fenômeno a que aliás eu já estava acostumado. Pilar, naqueles dias, acabava de regressar de uma viagem a Maiorca, meio de trabalho, meio de férias, na qual todos os chefões do partido lhe insinuaram, meio a sério, meio de piada, ou seja, no espírito de tudo que aconteceu em Maiorca naqueles dias, que ela não faria um mal papel no Parlamento catalão. Nem é preciso dizer que Pilar voltou a Z excitadíssima e que não parava de falar ao telefone com gente de Barcelona, os poucos que ainda permaneciam em Barcelona ou os poucos que tinham voltado das férias, enfim, muito poucos, o que não era um empecilho para que Pilar, adiantando-se aos acontecimentos, tomasse o pulso, como se costuma dizer, de algumas amizades bem posicionadas e influentes. Reconheço que esse estado febril contribuiu, por um lado, para meus objetivos e, por outro, fez que eu relaxasse minhas defesas, o que acabou me prejudicando. Um conselho para os que começam: nunca se descuidem. Pilar, minha nervosa e indecisa Pilar, precisava conversar com alguém de confiança e, como sempre, fui eu o escolhido. O dilema que ela tinha era de ordem moral: devia se candidatar à reeleição para a prefeitura, sabendo que meses depois precisaria renunciar ao cargo? Preferir um cargo de deputada regional poderia ser interpretado como um gesto de desprezo por sua gente? Ou será que entenderiam que ela defenderia melhor os interesses de Z em sua cadeira no Parlamento? Discutimos o problema sob diversos ângulos e, depois de lhe ter feito ver que na realidade não existia nenhum dilema moral, Pilar se mostrou, foram as suas palavras, confiante no futuro. Tão confiante que, numa espécie de comemoração antecipada, convidou uns poucos do seu círculo íntimo para jantar no melhor restaurante de Z, especializado em peixes e frutos do mar, um dos lugares mais caros da Costa Brava. Aqui cometi meu segundo erro. Um erro humano, certamente, mas que jamais me perdoarei: fui ao jantar em companhia de Nuria. Ah, foi uma noite feliz e vertiginosa! Uma noite cheia de estrelas, de lágrimas, de música perdendo-se no mar! Ainda posso ver a cara que fizeram quando me viram aparecer de braços dados com Nuria! Éramos quatro casais, a prefeita e seu marido, o conselheiro de Cultura e sua esposa, o conselheiro de Turismo e sua esposa, e Nuria e eu, sem dúvida o casal surpresa. De início tudo foi de vento em popa. Meu xará, o marido da prefeita, estava particularmente radiante e inspirado. Qualquer mal-intencionado diria que a perspectiva de ter Pilar viajando constantemente a Barcelona o deixava bem-humorado. Dava gosto ouvi-lo, falando sério. Pessoalmente odeio os falastrões, mas o caso do meu xará era diferente. Antes do primeiro prato nos brindou com comentários maliciosos acerca de alguns conhecidos e inclusive de amigos reconhecidamente bobocas, que nos fizeram rolar de rir. Não é por nada que Enric Gibert é tido em Z como um intelectual e um homem do mundo. Normalmente é uma pessoa séria e retraída, mas uma noite é uma noite. Talvez a presença de Nuria tenha contribuído para destampar o frasco da inspiração, não sei, em todo caso diante da beleza dela só havia duas possibilidades: ou guardar silêncio durante toda noitada ou se mostrar inteligente, vivo, um estupendo papo. Pilar, pelo que me consta, sentiu-se feliz quando me viu aparecer com ela. À parte a beleza de Nuria ser como uma premonição e um símbolo do seu triunfo, sei que minha felicidade, a felicidade do seu fiel lugar-tenente, também a fazia feliz; entre seus defeitos não está o de ser mal-agradecida, e Pilar, repito, me devia muito. Com a chegada do primeiro prato, *sopa marinera* à velha moda de Z, o protagonista deixou de ser o marido da nossa prefeita para ser o sobrinho do dono do restaurante. Ele se aproximou da mesa com duas garrafas de vinho, reserva especial, e aproveitou para perguntar a Pilar como tinham sido as férias em Maiorca. Ambos, Pilar e o sobrinho do dono, são da mesma idade e creio que foram inclusive colegas de escola. O sobrinho do dono é um dos principais militantes da Convergência em Z, o que não é um obstáculo para que a amizade que tem por Pilar seja franca e sincera. Pelo menos até há pouco havia uma normalidade nessa história de rivalidades políticas, depois do escândalo os bons modos se perderam, claro, e a natureza de cão raivoso de cada um veio à tona, mas na época em nosso convívio ainda imperava o bom senso. Na verdade, eram os últimos dias de senso comum. Não, na verdade, eram as últimas horas...

# Remo Morán:

## *Os dias que precederam a descoberta do cadáver*

Os dias que precederam a descoberta do cadáver foram inegavelmente estranhos, pintados por dentro e por fora, silenciosos, como se no fundo todos soubéssemos da iminência da desgraça. Lembro-me de que no meu segundo ano em Z encontraram num descampado uma moça, quase uma menina, assassinada e estuprada. Nunca descobriram o assassino. Naqueles dias houve uma onda de crimes, todos do mesmo estilo, que se iniciou em Tarragona e começou a subir pela costa deixando um rastro de morte (meninas assassinadas e estupradas, nesta ordem) até chegar a Port Bou, como se o assassino fosse um turista que voltava para o seu país, um turista extremamente lento, pois entre o primeiro e o último crime se abriu e se encerrou a temporada de verão. Aquele foi um bom verão, no que diz respeito aos meus negócios. Ganhamos dinheiro e ainda não havia tanta concorrência. A polícia, como era de esperar, solucionou alguns dos assassinatos: homens perturbados, trabalhadores que nunca deram motivo ao mais ínfimo reparo, um caminhoneiro alemão e até, no caso de maior repercussão, o assassino era um policial. Mas pelo menos três crimes ficaram sem solução, entre eles o de Z. Lembro-me de que no dia em que encontraram o cadáver (refiro-me ao da moça, não ao que eu encontrei) senti, antes que ninguém me dissesse nada, que havia acontecido alguma coisa de grave no vilarejo. As ruas estavam luminosas, como as ruas que às vezes a gente identifica com a infância e, apesar de ser um verão quente, a manhã estava fresca, com um aspecto de coisa recém-feita que se transmitia às casas, às calçadas lavadas, aos ruídos distantes mas perfeitamente reconhecíveis. Depois ouvi a notícia pelo rádio e mais tarde ninguém falava de outra coisa; o mistério, o estado de suspensão da realidade foi se desvanecendo paulatinamente. Assim, da mesma maneira, os quatro ou cinco dias que precederam minha descoberta do cadáver foram dias atípicos, não uma sucessão de fragmentos e horas, e sim blocos sólidos dominados por uma só luz obsessiva: a vontade de permanecer, custasse o que custasse, sem ouvir, sem ver, sem emitir o mais leve gemido. Para isso contribuiu, sem dúvida, a ausência de Nuria, que me levava a estados de prostração e ansiedade, e por outro lado a quase certeza de que, em relação a ela, fizesse eu o que fizesse, estava condenado ao fracasso. Creio que só então me dei conta do quanto havia chegado a amá-la. Mas saber disso não adiantava. Ao contrário. Agora até dou risada quando me lembro daquelas tardes, mas então eu não ria; e agora, com freqüência, também não é um riso muito claro. Ouvia canções de Loquillo, quanto mais tristes melhor, e quase não saía do meu quarto, ou do triângulo formado por meu quarto, o bar do hotel e um bar na zona dos campings, que naquela temporada foi gerenciado por um holandês e uma espanhola, amigos do Álex. Mas beber num vilarejo da costa, em plena ebulição turística, não é beber de verdade. Só dá dor de cabeça. Sentia falta dos bares de Barcelona ou da Cidade do México, e ao mesmo tempo sabia que aqueles locais, aqueles buracos imaculados, tinham se esfumado para sempre. Talvez por isso uma ou outra vez estive no camping procurando Gasparín. Nunca o encontrei. Da segunda vez que fui lá a recepcionista me informou, sem que eu lhe perguntasse nada, que meu amigo era um garoto esquisito (um garoto!) e que, de acordo com os seus cálculos, devia estar há uma semana sem dormir. Ela pessoalmente tinha ido mais de uma vez procurá-lo para que lhe desse uma mão, durante o turno do dia faltava pessoal. Mas a barraca dele estava sempre vazia. Só o tinha visto umas três vezes desde que havia começado a trabalhar, e isso não era normal. Tranqüilizei-a explicando-lhe que o mexicano era um poeta, e a recepcionista replicou que seu namorado, o peruano, também era e nem por isso se comportava assim. Como um zumbi. Não quis contradizê-la. Menos ainda quando ela disse, olhando para as unhas, que poesia não dava camisa a ninguém. Tinha razão, no planeta dos eunucos felizes e dos zumbis, a poesia não dava mesmo camisa a ninguém. A recepcionista e o peruano agora vivem juntos e, apesar de não ter podido ir ao casamento, mandei uma panela de pressão moderníssima, aconselhado por Lola, com a qual às vezes saio para comprar umas coisinhas para o menino. Na realidade, um pretexto para conversar e tomar um café com leite em algum estabelecimento do centro de Gerona. No fundo, foi melhor não encontrar Gasparín, pois minha intenção era egoísta a mais não poder; queria falar, me abrir, recordar, se a ocasião se apresentasse, as ruas douradas pelas quais ambos havíamos batido perna em certa época (em certa *boa* época), mas na realidade tudo aquilo não era nada mais do que moer e remoer o que na verdade me importava: Nuria transformada numa sucessão de imagens que não tinham nada em comum com ela. Para meus obscuros fins teria sido mais útil um fã de esportes, mas o único que eu conhecia era um barbeiro, José, que aliás não entendia nada de patinação artística. De modo que fiquei sem ninguém com quem conversar e isso parece ter sido o melhor, a maneira mais digna de ver os dias passarem. Acho que já disse, mas, se já disse, repito: não era o primeiro cadáver que eu encontrava. Isso já tinha me acontecido duas vezes antes. A primeira no Chile, em Concepción, a capital do sul. Eu estava à janela do ginásio em que cem presos estavam detidos; era de noite, uma noite de lua cheia de novembro de 1973, e no pátio vi um gordo no meio de um círculo de detetives. Todos batiam nele, valendo-se de mãos, pés e cassetetes de borracha. O gordo, no fim, nem gritava mais. Depois caiu de bruços no chão e só então percebi que estava descalço. Um dos caras o agarrou pelos cabelos e o observou por um instante. Outro disse que na certa estava morto. Um terceiro policial comentou ter ouvido em algum lugar que o gordo não estava bem do coração. Levaram-no arrastado pelos pés. Do outro lado, no ginásio, só eu e outro preso espiávamos a cena, os outros dormiam amontoados por toda parte, e os roncos e suspiros ameaçavam crescer até nos sufocar. O segundo morto encontrei no México, nos arredores de uma cidade do norte, em Nogales. Viajava com dois amigos no carro de um deles, e íamos nos encontrar com duas garotas que acabaram não aparecendo. Antes de chegar, desci para urinar e provavelmente me afastei demais da estrada. O morto estava entre montículos de terra alaranjada, o corpo estendido de barriga para cima, os braços em cruz, e na testa, bem acima do nariz, um furo minúsculo, como que feito por uma punção, mas na realidade causado por uma bala calibre 22. Uma arma de boiola, disse um dos meus amigos. O outro era Gasparín, que depois de dar uma espiada no morto não disse nada. Às vezes de manhã, quando tomo café sozinho, penso que teria adorado ser detetive. Creio que não sou mau observador e tenho capacidade dedutiva, além de ser fã de romances policiais. Se é que isso adianta alguma coisa... Na realidade, não adianta nada... Parece-me que Hans Henny Jahn escreveu umas palavras a esse respeito: quem encontra o corpo de uma pessoa assassinada que se prepare, pois começarão a chover cadáveres...

# Gaspar Heredia:

## *De longe observei Carmen e o Recruta à beira do mar*

De longe observei Carmen e o Recruta à beira do mar, mexendo os braços, avançando e recuando, numa gestualidade mais aparentada à escrita egípcia do que à braveza, enquanto os banhistas, alheios à peleja deles, empreendiam a volta aos hotéis, e de repente os dois ficaram sós, envoltos numa cortina de gotas d'água. Depois, abruptamente, Carmen se afastou da beira d'água e logo enveredou pelo Paseo. O Recruta deu meia-volta e, após vacilar por um instante, sentou-se na areia. As ondas eram cada vez maiores. De onde eu estava, o Recruta parecia uma pedra escura coberta de musgos surgida na praia na noite anterior. Não me detive muito tempo. Uns duzentos metros à frente ouvia a voz de Carmen (era impossível vê-la entre o fluxo metódico dos turistas) cantar "Soy una pastora en Arcadia". Equivocado, pensei que ela tivesse parado e que se eu continuasse andando inevitavelmente a alcançaria, mas não foi assim. Por um bom tempo, guiando-me apenas pelo seu canto, segui Carmen através do Paseo Marítimo até chegar à esplanada. Pouco a pouco meu passo foi se adaptando ao passo dela, lento, des-

preocupado, um passo de rainha a caminho do seu castelo.
Agora cantava "Soy un zorzal herido en las puertas del Infierno" e nos rostos, em alguns dos rostos dos que vinham em direção contrária, era possível observar expressões zombeteiras, ou sorrisos superiores, um brilho que era sinal inequívoco da passagem de Carmen e da sua energia aterrorizante. Não vou me demorar nos detalhes da minha perseguição. Os fatos se desenrolaram de maneira similar à da primeira vez que segui Caridad. As ruas eram diferentes e o ritmo mais pausado, mas o destino final era o mesmo: o velho casarão nos arredores de Z. Carmen, isso eu só notei quando saímos do vilarejo pela estrada que corria junto ao mar, estava de porre. A cada dez passos parava, tirava da bolsa uma garrafa e, passado um instante, o bastante para tomar um ou dois tragos, reiniciava a caminhada, cada vez mais errática e ziguezagueante. Por momentos podia ouvir sua voz, trazida pela brisa da tarde que se enroscava nas pedras, entoando "Soy una campana en la nieve, talán, talán", com força e clareza, quase como um hino religioso. Pouco antes de chegar ao casarão deixei que se adiantasse e parei para pensar. O que eu de fato estava procurando? Queria, acontecesse o que acontecesse, encontrar Caridad? E, na hipótese de encontrá-la, estava disposto a falar com ela? Estava decidido a confessar o que sentia por ela? Pensei um bom momento, enquanto os carros passavam sem nenhuma precaução pelas curvas que levavam a Z ou a Y, e finalmente me levantei e enveredei pelo caminho particular sem ter claro nem meus objetivos, nem meus sentimentos. Só me sustentava a curiosidade, o desejo de ver outra vez a pista de gelo e a vaga certeza de que deveria proteger Caridad e a cantora. Ao transpor o umbral do casarão, a "Dança do fogo" conseguiu apagar todas as elucubrações. A partir dali era como estar drogado. A partir dali o mundo se transformava em algo diferente, e as desconfianças e os temores prévios adquiriam ou-

tra dimensão, se apequenavam ante o fulgor da aposta escondida naquelas velhas e sólidas paredes. De pé, junto da pista, o gordo empunhava um caderno de notas e uma esferográfica. A disposição das caixas tinha variado consideravelmente desde a minha última visita, de modo que precisei me insinuar grudado na parede, na direção do gerador, para sem delatar minha presença poder observar, de uma posição favorável, o conjunto da pista. A eletricidade está falhando, o gordo disse quase sem mexer os lábios. A patinadora surgiu como uma exalação de um canto da pista que ficava fora do meu campo visual e de imediato tornou a desaparecer. O par me fez pensar em Carmen e no Recruta discutindo na praia; alguma coisa em sua maneira imperturbável de estar na casa abandonada os irmanava com esse par de mendigos. Ouviu?, o gordo perguntou, a eletricidade está falhando. A patinadora parou na beira da pista, junto dele, e, sem se mexer, melhor dizendo, só mexendo as cadeiras e a pelve, realizou um número de dança que não tinha nada a ver, era evidente, com a "Dança do fogo". Os lábios do gordo se distenderam beatificamente. A patinadora, após esse breve intervalo, se inclinou e reiniciou seus exercícios sem dizer palavra. O gordo tornou a concentrar sua atenção no caderno: escute, disse ao fim de um instante, sabe quanto vão custar as danças folclóricas deste ano? Não, nem me interessa, a patinadora gritou. O gordo meneou a cabeça várias vezes, umas assentindo e outras negando, e no lapso entre cada afirmação e cada negação franzia os lábios como se fosse assobiar ou beijar alguém na bochecha. Não sei, havia algo no cara que o tornava simpático. O retângulo da pista parecia mais iluminado que da última vez e o ronronar do gerador, ou dos geradores, também era maior, como se a máquina estivesse chegando ao limite e avisasse. Que maneira mais besta de desperdiçar o dinheiro, o gordo murmurou. A moça olhou-o de soslaio ao passar por ele, depois ergueu o rosto para as vigas de onde pendiam os refletores e fechou os olhos. Às cegas sua patinação foi se tornando progressivamente mais lenta, mas também mais complicada e mais segura. Em cada pirueta ou em cada mudança se percebia que aquele exercício havia sido ensaiado muitas vezes. Finalmente se dirigiu para o centro da pista, onde executou um salto com várias piruetas antes de cair limpamente e continuar patinando. Bravo, o gordo sussurrou. Meus conhecimentos sobre a matéria se reduzem a uma vez que vi na televisão de um bar um programa sobre o Holiday on Ice e só, mas aquilo me pareceu perfeito. A patinadora continuava sem abrir os olhos e tentou repetir o número. Mas o que era para ter sido uma figura estilizada, um T apoiado na perna direita enquanto o resto do corpo em linha horizontal cortava a pista em duas metades iguais, se transformou num sobressalto de pernas e braços e terminou com a patinadora de costas no gelo. Justo então, na outra extremidade, vi a silhueta de Caridad, oculta como eu entre duas caixas. Machucou-se?, o gordo fez um movimento para invadir a pista mas se conteve. Não, respondeu a moça sem se levantar; estendida em cruz, as pernas um pouco separadas e os cabelos esparramados a modo de travesseiro entre sua cabeça e a camada de gelo, em seu rosto não se percebiam sinais de dor ou de aborrecimento com o número mal executado. Mas minha atenção se achava dividida entre a patinadora e a silhueta da outra extremidade que, por instantes e para meu próprio horror, parecia a sombra de uma ratazana horripilante e ameaçadora. Por que você não se levanta? Está se sentindo bem? Na ponta dos pés, à beira da pista, o gordo deixava transparecer, em lampejos, toda sua apreensão. Estou bem, garanto, você não deveria falar tanto, não posso me concentrar, disse a patinadora no chão gelado. Falar? Mas eu mal abri a boca, o gordo replicou. E esses papéis que você lia em voz alta?, a patinadora disse. É parte do meu trabalho, Nuria, não seja tão

119

suscetível, gemeu o gordo, além do mais não lia em voz alta. Lia, sim. Pode ser que tenha comentado uma coisa ou outra com você, só isso, anda, Nuria, levante-se, ficar deitada aí pode ser ruim para as suas costas, o gordo disse. Por quê? Ué, porque está gelado, mulher. Venha cá, me ajude a levantar, a patinadora disse. O quê?, o gordo ensaiou um sorriso compungido. A moça permaneceu silenciosa, esperando. Quer que eu a ajude? Não está se sentindo bem? Você se machucou, Nuria? O corpo do gordo oscilou de forma perigosa no fio da pista. Alguma coisa nele evocava um pêndulo. Um ar inquietante de mecanismo de relojoaria. No outro extremo a cabeça de Caridad sobressaía por cima das caixas. Como pode não estar frio! Juro que não, a patinadora disse. O gordo se virou. A cabeça de Caridad desapareceu instantaneamente. Será que a tinham descoberto? Bom, chega de brincadeiras e continue a ensaiar, o gordo disse, depois de esquadrinhar a escuridão. A patinadora não respondeu. Detrás das caixas voltaram a aparecer os cabelos espetados da moça da faca. Achei que era improvável o gordo tê-la visto, se bem que antes, ao se virar daquela maneira, seguramente esperava encontrar alguma coisa atrás. Venha cá, a patinadora disse, não tenha medo. Venha você, as palavras do gordo saíram apenas num fio de voz. Sem parar de olhar para o teto, a patinadora sorriu largo e disse soletrando de forma bem clara: cagão. O gordo suspirou, exasperado, depois fez um gesto de desânimo dirigido a ninguém em particular mas que lhe saiu do coração, e deu uma curta volta em torno da cadeira, de costas para a patinadora, olhando dissimuladamente para as fileiras de caixas. A moça, sem prestar atenção nele, sentou-se no gelo. Que horas são? O gordo olhou para o relógio e disse uma coisa que não entendi. Não creio que tenha acontecido nada, salvo um tombo ou dois, você é muito exagerado, a patinadora disse. Pode ser, na voz do gordo havia rancor e carinho, você também é exagerada.

Desde pequena, a patinadora corroborou. Olhe, o gordo se levantou, feliz, não sou seu preparador físico mas sei que depois do treino faz mal você se deitar no gelo. Você está transpirando e se esfria. Eu sei, sou uma boba, a patinadora disse. Estou falando sério, Nuria, o gordo disse. Por um instante ficaram em silêncio, estudando-se mutuamente, a moça no centro da pista, o gordo na borda de cimento, balançando na ponta dos pés, as mãos no bolso. De repente a patinadora começou a rir. Gostaria de ver você patinar, disse entre espasmos de hilaridade. Uma hilaridade fria e repentina como o gelo. Seria muito divertido, eu levaria o maior tombo, replicou o gordo. Era o que eu estava pensando, os tombos você é que levaria e eu obrigaria você a patinar oito horas por dia, até que você começasse a dormir na pista. Não acredito que você seria tão cruel, o gordo disse. Que tipo de roupa você poderia usar? Ah, azul com babados, e eu seria cruel, sim, você não me conhece. O gordo assentia e fingia se irritar, de vez em quando deixava escapar uma gargalhada, como que impelida sob pressão desde bem do fundo. Algum dia patinarei... para você, sussurrou. Você não é capaz, a patinadora disse. Eu prometo, Nuria, o gordo moveu a mão esquerda num gesto estranho, como se abrisse uma porta ou estivesse sonhando. Sentada no gelo a moça observava-o sem rir, atenta, na expectativa de uma declaração, mas o gordo não disse mais nada. De repente a patinadora soluçou. O que foi?, o gordo indagou olhando para todos os lados, menos para a pista. Merda, estou com soluço, a patinadora disse. Viu, eu avisei, por que não se levanta? É de tanto rir, a culpa é sua, a patinadora disse. Venha, lhe dou um copo d'água e logo passa, o gordo disse. Isso não funciona comigo, vai querer que eu beba ao revés, não é? O gordo olhou admirado para ela. Era o truque da minha avó, a patinadora disse, uma vez quase quebrei os dentes. A patinadora e o gordo guardaram silêncio enquanto esperavam o próximo soluço; até a "Dança do fogo" parecia ter baixado o volume. No outro extremo o pescoço de Caridad se ergueu por cima das caixas e agora dava para ver, se bem que com dificuldade, seu busto inteiro. Estava muito mais magra do que no camping, embora as sombras, o espaço cheio de arestas que a emoldurava, contribuíssem para acentuar sua magreza. O soluço da patinadora ressoou em todos os cantos. Bem, para mim sempre deu resultado, o gordo disse. É que você é muito cuidadoso e toma precauções para não morder o copo e quebrar um dente, a patinadora respondeu. É só encostar os lábios na borda do copo, só isso. Quer ver qual é o meu método? O gordo permaneceu rígido, como se houvesse visto um leão no meio da pista. Depois tentou dizer que não com a cabeça, mas era tarde demais. A patinadora estalava a lâmina dos patins e começava a deslizar no gelo até chegar onde estava o gordo, que a esperava trêmulo e solícito, com uma toalha enorme. Você está gelada, disse o gordo, deixe eu esfregar você um pouco. Desligue o cassete, a patinadora disse. O gordo deixou a toalha nos ombros da moça e rapidamente cumpriu a ordem...

# Enric Rosquelles:

## *Lamentavelmente, depois de jantar fomos a uma discoteca*

Lamentavelmente, depois de jantar fomos a uma discoteca, por imposição de Pilar, que de repente sentiu vontade de dançar com o marido, coisa que não acontecia desde havia muito e que a todos pareceu fantástica. Menos a mim. Deveria ter pegado Nuria e sumido no ato, mas pensei que ela merecia uma noite de espairecimento. Claro, meu erro foi não prever que alguém puxaria o tema da patinação. A presença de Nuria o tornava inevitável, e assim foi, o momento tão temido chegou quando contemplávamos da mesa como as pessoas bancavam os palhaços na pista de dança, sem nos atrever, no entanto, a imitá-los. O conselheiro de Cultura, ou sua mulher, tanto faz, abriu fogo perguntando se ela tinha "alguma competição à vista"; a resposta, cheia de inocência, foi afirmativa. Inicialmente os comentários se limitaram a declarações e conselhos sobre a bandeira de Z: que fosse içada bem alto, principalmente; mas depois, na falta de assunto melhor, suponho, tocou-se no tema da dureza e da delicadeza da patinação (uma borboleta de aço, disse aos gritos o conselheiro de Turismo, muito satisfeito com a metáfora), e sobre isso Nuria não teve outro remédio senão lhes dar razão e com toda sua cândida energia (pobre Nuria) lhes assegurar que treinava cinco horas por dia, no mínimo. Em Barcelona?, meu xará Enric Gibert perguntou. Não, em Z, disse Nuria com a peremptoriedade de uma lápide ao cair para fechar uma sepultura. Minha sepultura. Ainda bem que sou um homem de reflexos rápidos e imediatamente a tirei para dançar. Ao nos afastarmos até a pista olhei para trás e vi que Pilar olhava fixamente para mim. Os outros riam e conversavam, entretanto Pilar, que pode às vezes ser distraída e negligente, mas que de boba não tem nada, não tirava de cima de mim uns olhos escuros e perfurantes. Por mim, jamais teria voltado àquela mesa. Estava suando, e não precisamente por dançar, coisa que nunca me agradou muito, mas em cujos mistérios mergulhei de cabeça, talvez para escapar, ainda que momentaneamente, da catástrofe que eu já intuía, talvez para desfrutar da proximidade de Nuria pela última vez. Na verdade, não me saí mal. Todos os meus antigos temores se desvaneceram no movimento da pista de dança e creio que estou em condições de dar a dica. É a seguinte: para dançar bem é preciso esquecer o próprio corpo. Ele simplesmente não existe. Meu corpo, com alguns quilos a mais e alheio à estética em moda, se arqueava, trepidava, levantava uma perna, depois outra, depois uma perna e um braço, depois saltava ou dava meia-volta, tudo isso sem que eu tivesse nada a ver com ele, ao contrário, meu verdadeiro eu se encontrava naquele momento agachado atrás dos meus globos oculares, avaliando a situação, somando os prós e os contras, tentando, num exercício telepático, ler os pensamentos de Pilar (reconheço que estava um pouco nervoso), medindo o alcance das presumíveis perguntas e elaborando as melhores respostas. Quando voltamos à mesa, estava literalmente ensopado de tanto suar. As esposas de ambos os conselheiros acreditaram-se no dever de fazer comentários picantes sobre a minha desconhecida queda para a dança, que resumiram exclamando como você mantinha essa queda bem escondida. Aceitei agradecido os elogios e as brincadeiras, pois me proporcionavam alguns segundos adicionais. Pilar, pelo contrário, não se mostrava nada loquaz; pouco antes seu marido tinha se levantado em direção ao banheiro dos cavalheiros e ainda não havia voltado. Animados pelo meu exemplo, os conselheiros e suas mulheres se dirigiram para a pista, e na mesa, na horrível semipenumbra da nossa mesa, só ficamos Pilar, Nuria e eu. Lembro-me de que tocavam uma música lenta... um bolero? E que todos os que um momento antes saltitavam entre as luzes deixaram cair os ombros, repentinamente lânguidos, e se lançaram uns nos braços dos outros. No meio do meu desespero dei graças a Deus por não estarmos dançando, pois teria me incomodado se Nuria repousasse sua cabeça no meu ombro ou no meu peito (como faziam agora todas as mulheres, inclusive as esposas dos conselheiros) malcheiroso de suor. É parte do meu caráter, sempre tentei passar uma boa imagem de mim. Sei que agora alguém dirá que em certa ocasião minhas meias ou minha boca fediam. Mentira. Em meu asseio pessoal fui e serei uma pessoa cuidadosa, maníaca até, e assim foi desde que eu era adolescente. Mas como eu dizia: ali estávamos nós três, com a vista posta nos dançarinos como um bom pretexto para não olhar para nós mesmos, e o marido da prefeita que não aparecia. Exagerando, seria possível dizer que eu ouvia a respiração de Pilar, agitadíssima, feito a minha, mas não é verdade, a música ambiente, como a de todas as discotecas, era alta demais. Quando decidi encará-la, o rosto de Pilar me assustou: era como se a sua carne, as suas feições estivessem sendo chupadas por sua caveira, uma espécie de buraco negro facial em que só sobrevivia um rastro de determinação no olhar e nas rugas da testa. Por fim, me dei conta de que ia ter problemas.

Nuria, estou disposto a jurar onde quer que seja, não tinha a menor idéia do que estava acontecendo. Seu semblante, seu bonito e perfeito rosto, só mostrava a convulsão produzida pela série de músicas que acabara de dançar, mais nada. Entre as sombras, a figura alta e nobre de Enric Gibert reapareceu. Tire-a para dançar, Pilar ordenou ao marido, sem dúvida um estratagema para nos fazer ficar a sós. Nuria não opôs nenhuma resistência, e da minha cadeira eu os vi, primeiro Nuria, depois meu excessivamente ágil xará, se aproximarem da pista e entrelaçarem os braços. Uma bola de calor se instalou no meu estômago. Não era momento de sentir ciúme, mas o fato é que senti. Minha imaginação desandou: via Nuria e o marido da prefeita nus, acariciando-se, via todo mundo fazendo amor, como se depois de um ataque nuclear não pudessem mais sair da discoteca e nada refreasse as paixões e os instintos baixos, todos transformados em animais fogosos, menos Pilar e eu, os únicos frios, os únicos serenos no meio da orgia. De repente, com um sobressalto percebi que Pilar estava falando comigo. Prestei atenção. Onde fica a pista de gelo?, perguntou. Tentei em vão mudar de assunto, até mencionei seu futuro cargo de deputada e os transtornos que lhe acarretaria, mas nada, Pilar continuou indagando sobre a localização da pista de gelo, como se aquilo tivesse algum interesse. Que importa onde, eu disse, ela precisa treinar em algum lugar, não? Aí Pilar soltou um par de palavrões, secos e de grosso calibre, e por um segundo senti na minha orelha seus lábios expelindo torrentes de calor através das camadas de maquiagem. Onde, porra? No Palácio Benvingut, achei que você soubesse, falei. Por baixo da mesa o salto do sapato de Pilar se fincou no peito do meu pé. Devo ter feito cara de sofrimento, porque Pilar tornou a gritar no meu ouvido outra saraivada de grosserias. Não se exceda, sussurrei. Por sorte, nesse momento os outros voltaram. Todos se deram conta, o rosto de Pilar não dava margem a dúvidas de que alguma coisa perturbava a paz mental da nossa prefeita, mas ninguém quis enfrentar o fato, ao contrário, pareciam mais alegres do que no início, sobretudo o marido da prefeita, que não parava de fazer piadas com e para Nuria, enquanto os conselheiros e suas esposas estavam a ponto de tomar um porre campeão. Só de recordar aqueles minutos torno a suar e a me sentir arrasado. Claro, procurei manter a cabeça erguida e acompanhar o desenrolar de algumas das conversas que fluíam em nossa mesa (Enric, Nuria e a mulher do conselheiro de Cultura, de um lado, e o conselheiro de Cultura, o conselheiro de Turismo e sua mulher, de outro), mas me era impossível entender o que quer que fosse: tudo era um caos de risos, de copos quase vazios e confundidos, de onomatopéias indignas sequer de serem ouvidas. Pilar, que aparentemente participava da conversa do grupo de conselheiros, de repente se levantou, firme e dura como uma árvore e, mais do que com palavras, embora eu suponha que alguma coisa deva ter dito, me ordenou que fôssemos dançar. Para minha sorte, a série de danças lentas continuava. E digo para minha sorte, primeiro porque estava verdadeiramente cansado, segundo porque, pouco importando o tipo de música, Pilar ia me manter preso em seus braços para que pudéssemos conversar. Na verdade, até mesmo nesse momento minha admiração e meu carinho por ela permaneceram incólumes. Dignas de elogio eram sua inteireza, sua capacidade de não se dobrar e sua obstinação, virtudes cem por cento pilarescas. De todo modo, apesar da estima (mútua, estou seguro), aquela foi a dança mais atroz da minha vida. Pilar, com um sorriso de lado que eu não conhecia, me levava para onde lhe dava na telha e, embora de quando em quando eu me sentisse entorpecido e tivesse dificuldade para me mexer, no fim das contas fazia o que ela queria. Não sei se Nuria nos viu ou não, nunca tive coragem de lhe perguntar; o espetáculo, ai, deve ter sido lamentável. Concretamente, o interrogatório de Pilar concentrava-se num só ponto: quem mais sabia da existência da pista de gelo. Não quando eu a tinha construído, nem para quê, nem com que dinheiro, mas quem sabia do segredo da sua existência. Garanti-lhe que todos os que haviam visto a pista (muito poucos, na realidade) só tinham uma idéia parcial do que em seu conjunto o meu projeto significava. Depois disse a ela que pensava lançar a idéia em setembro ou outubro, uma vez terminada a temporada de verão. A pista podia se abrir para o público em dezembro, coincidindo com o Natal, criança pagando meia e inauguração em grande pompa. Por fim, assinalei uma gama variadíssima de saídas e de justificativas, mas nada foi capaz de acalmá-la. Muito mais tarde, quando todos nos despedimos, Pilar se aproximou para me dar um beijo no rosto, como o beijo de Judas em Cristo, pensei então, e sussurrou: você vai me ferrar, seu filho-da-puta. De qualquer modo, ela pareceu estar um pouco mais tranqüila...

# Remo Morán:

## A velha é uma colega sua

A velha é uma colega sua, Lola disse na tarde em que nos vimos em sua sala, no trabalho. Esse foi o sinal. Mas antes, ao meio-dia, eu havia recebido um cartão-postal enviado por meu filho de algum lugar do Peloponeso. Evidentemente o postal fora escrito por Lola, entre outros motivos porque o menino não sabia escrever. São coisas que minha ex-mulher faz, aparentemente meio despropositadas, como fazer voz de menina mongolóide ou de menina malvada, ou dizer que seus pés são pererecas e falar como tal, mexendo os dedos do pé: oi, sou uma perereca, como vai você? Na verdade, agora que penso nisso, a maioria das mulheres que conheci tinham a faculdade de transformar alguns membros do seu corpo (como as mãos, os pés, os joelhos, o umbigo etc.) em pererecas, elefantinhos, pintinhos, que faziam piu-piu e depois ciscavam, cobras sabichonas, corvos brancos, aranhazinhas, canguruzinhos perdidos, quando não se transformavam em leoas, vampiros, golfinhos, águias, múmias, corcundas de Notre-Dame. Todas, menos Nuria, cujos dedos eram dedos e cujos joelhos sempre eram joelhos. Talvez faltasse tempo e confiança, talvez fosse uma questão de senso de humor, o caso é que Nuria, ao contrário das demais, em todas as circunstâncias era ela mesma, construída num só bloco compacto. Não só não se transfigurava no ratinho, mas às vezes custava vê-la transformada no que você acreditava que ela era, Nuria Martí, patinadora olímpica, a moça mais bonita de Z. Enfim, eu tinha recebido um cartão-postal de um fauno com o pênis ereto, e meu filho dizia coisas muito engraçadas e um tanto críticas a esse respeito. Dava para saber que era Lola e que estava tudo bem. Fiquei contente por ter se lembrado de mim. Umas quatro horas depois me telefonaram e, para minha surpresa, do outro lado da linha, a voz que escutei foi a de Lola. No começo achei que ligava da Grécia e logo imaginei que tinha acontecido alguma coisa com o menino. Mas não, não tinha acontecido nenhum acidente nem ela me ligava da Grécia. Fazia quase uma semana que tinham voltado, uma viagem maravilhosa, o menino estava encantado com Iñaki, uma pena que só tivessem sido quinze dias. Telefonava porque precisava falar comigo, me pedir um favor, nada urgente mas curioso, salientou essa palavra, na realidade não o teria pedido se quase todos os seus colegas não estivessem de férias, desculpou-se, mas uma vez que no Departamento de Serviços Sociais só estavam ela e uma educadora mocinha, recém-contratada, bom, não sabia o que fazer e não lhe ocorrera nada melhor do que ligar para mim. Sobre o que queria falar preferiu não contar por telefone. Antes de desligar perguntei se não tivera tempo de telefonar antes. Para quê?, perguntou. Para eu ver o guri, respondi. O menino está na colônia de férias. Por seu tom de voz deduzi que estava nervosa ou irritada. Às sete e meia me dirigi a pé para o Departamento de Serviços Sociais, situado num bairro operário de costas para o mar, bastante isolado de qualquer outra dependência da prefeitura. O departamento, na verdade uma casa de dimensões diminutas construída na década de 1960, tinha uma aparência no mínimo descuidada. A própria Lola abriu a porta, após uma espera que me pareceu excessiva, e me conduziu até uma sala no fundo da casa, que dava para um pátio interno acimentado e cheio de tanques de lavar roupa. Nos tanques, que ninguém mais usava, havia vasos de plantas. O corredor e as salas estavam com as luzes apagadas. Da outra educadora não vi sinal, então presumi que estávamos a sós. Na sua sala, Lola tinha uma expressão cansada e feliz. Por um instante pensei que eu também teria essa expressão se não tivéssemos nos separado. Cansado e feliz. Repentinamente senti desejo de acariciá-la e fazer amor com ela. Em vez de lhe propor isso, eu me sentei e me dispus a ouvir o que tinha a me dizer. Primeiro falamos da viagem à Grécia e do menino. Depois, depois de ambos rirmos bastante, como de costume, falou da velha. A história era a seguinte, tal como Lola me contou: uma mendiga usuária dos serviços, do tipo usuário irregular, sem domicílio fixo, embora residente esporádica em Z, havia aparecido na tarde do dia anterior com um problema. A velha vivia com uma moça; a moça estava doente; a velha não sabia o que fazer. A moça não queria ir para o hospital; na verdade, nem sabia que a velha estava tentando resolver seu problema, ela também não era de Z, tinha chegado com o verão, provavelmente era de Barcelona e não se dedicava a mendigar, embora às vezes acompanhasse a velha pelas ruas. Segundo a velha, a moça sangrava diariamente pela boca e pelo nariz. Além disso não comia quase nada; se continuasse assim, sem dúvida morreria. A velha acreditava que, se Lola fosse buscar pessoalmente a moça e a levasse para o hospital, ela não oporia resistência. Sobre esse ponto foi taxativa: ou Lola ia pegá-la, ou alguém em quem Lola tivesse bastante confiança, ou a moça não sairia das ruínas. Demorei a entender que por ruínas se referia ao Palácio Benvingut. A partir desse momento, o assunto começou a me interessar. A velha e a moça moravam lá desde quase o começo da temporada. Nas palavras da mendiga, "as duas estavam preparadas contra tudo", a moça tinha até uma faca, uma enorme faca de cozinha, de modo que ai de quem a dedasse. Claro, Lola não perguntou o que ela queria dizer com aquilo, quem ela temia que a dedasse. A velha era meio maníaca, explicou. Finalmente tinha concordado em ir, e as duas combinaram o dia e a hora da visita. Quando tudo estava acertado, a velha deu pulinhos de alegria (incríveis para a sua idade) e riu tanto que Lola pensou que ela poderia ter um ataque cardíaco ou se sufocar ali mesmo. Como se houvesse ganhado na loteria, comentou. O problema foi que pouco a pouco Lola descobriu que com a pressa não havia reparado que estava com a agenda repleta de compromissos inadiáveis que lhe impossibilitariam ir ao Palácio Benvingut, mas não queria que a velha se sentisse preterida. Por que você se interessa tanto por ela? Não sei, Lola disse, é uma velhinha encantadora, me dá sorte, eu a conheci pouco depois de ficar grávida. Ah, bom, fiz. Incompreensivelmente meus olhos se encheram de lágrimas e me senti só e perdido. Se você quiser, eu vou, falei como um condenado à morte despedindo-se da família. Era o que eu queria lhe pedir, Lola disse. A coisa era simples: eu deveria ir entre as dez e as onze da manhã ao Palácio Benvingut e levá-las para o hospital. Do resto Lola se encarregava, a essa altura já estaria livre e estaria nos esperando na porta. Era só isso. A moça da faca não é perigosa?, perguntei, não muito a sério, mais com intenção de fazer piada e prolongar nosso encontro. Não, Lola disse, tal como a pintam deve estar um trapo. E por que essa história de ir você ou alguém da sua confiança? Maluquices da velha, Lola disse, uma personagem que na certa vai lhe interessar, é uma colega sua, aliás. Minha colega? É, Lola disse, a velha também foi artista um dia...

# Gaspar Heredia:

## *Depois que o gordo e a patinadora foram embora*

Depois que o gordo e a patinadora foram embora, decidi ficar no casarão até amanhecer. Não do lado de dentro, muito menos no galpão da pista de gelo, mas nos jardins que rodeavam a mansão. Ligeiro, e mantendo sempre um passo silencioso e prudente, encontrei um lugar apropriado debaixo de uma árvore frondosa e acolhedora onde me dispus a esperar as primeiras luzes do dia. Nem é preciso dizer que não tinha intenção de dormir, acostumado que estava ao trabalho noturno, mas em algum momento, sem que me desse conta, o sono me venceu. Quando abri os olhos, estava com as pernas entorpecidas e a cor do céu era arroxeada com estrias alaranjadas que pareciam rastros de aviões a jato. O lugar onde eu me achava ficava bem na frente da porta principal do casarão, por isso resolvi procurar um local mais discreto. Tinha a vaga esperança de ver Caridad sair e de falar com ela. Lembro-me de que, enquanto procurava um lugar onde pudesse continuar esperando, o coração batia disparado. Quanto ao mais, creio que estava tranqüilo. Umas duas horas depois, quando a cor do céu tinha se transfigurado num azul lavado e no horizonte se aproximavam umas nuvens gigantescas e escuras, vi Carmen sair pela porta principal. Tinha o aspecto de uma dona-de-casa que vai à feira, a cantora, com sua sacola pendurada no braço, os cabelos penteados para trás, salvo uma espécie de franja que cobria parte da testa e da sobrancelha esquerda; parou no pórtico, muito altiva, e olhou para ambos os lados antes de descer com segurança os degraus. Já no jardim, parou novamente e seu olhar de águia se dirigiu ao lugar onde eu estava. Com um gesto da mão me indicou que a seguisse. Saí do meu esconderijo e subimos juntos o caminho particular, a passo lento, como se aproveitássemos a manhã. Carmen não estava nem um pouco surpresa por ter me encontrado, ao contrário, estranhava eu não ter aparecido antes. Dava como favas contadas que eu estava "legalmente" apaixonado por Caridad e que ela, mais cedo ou mais tarde, mais cedo do que tarde, me corresponderia e "todos viveríamos felizes". Enquanto subíamos a encosta e pouco a pouco deixávamos para trás o casarão, comparou o frescor da manhã com a saúde de ferro necessária para viver sem amor (e até com amor) nestes tempos difíceis. Mais uma vez falou da casa que a prefeitura lhe arranjaria e surpreendentemente me convidou para morar com ela: precisaremos de um vigia, disse entre risadas. Um homem que cuide da gente. Também ri: sobre os pinheiros agarrados nos penhascos distingui uns pássaros que me pareceram enormes e que também riam. Quando Z apareceu à nossa frente, depois de uma curva da estrada, seu humor acabou subitamente. Para remediar o fato, começou a falar de Caridad, das poucas coisas que sabia dela, mas sem dúvida muito mais do que eu, de modo que a ouvi atentamente. Falou da simpatia e da docilidade, da lógica e da astúcia, resmungando interjeições e adotando um tom de voz cada vez mais grave. Depois se concentrou no único aspecto que de fato parecia lhe preocupar: sua falta de apetite. Caridad simplesmente tinha parado de comer. Desde que a conhecera, ou seja, desde os dias do camping, sua dieta consistia unicamente em alguns doces e em iogurte líquido sabor morango. Às vezes tomava um café com leite ou uma cerveja, principalmente quando acompanhava Carmen em seu trabalho, mas eram exceções e, além do mais, pareciam não lhe cair bem: ficava mais fechada e silenciosa do que de costume. Em mais de uma ocasião Carmen tentara forçá-la a comer um sanduíche de presunto, por exemplo, mas nada. Caridad, ou o estômago misterioso de Caridad, só admitia *donuts*, madalenas, sonhos, palmiers, amanteigados, rosquinhas, biscoitos de coco e doces do gênero. Em que consistia seu café-da-manhã? Caridad não tomava nem sequer um gole d'água de manhã. E seu almoço? Caridad acordava à uma da tarde ou às duas, de modo que também não almoçava. E seu mata-fome? Seu mata-fome consistia num *donut* ou numa madalena, que pegava numa caixa em que ambas guardavam os mantimentos e deixavam escondida num quarto do casarão, a salvo dos ratos e das formigas. E o lanche? O lanche consistia numa garrafinha de iogurte líquido, mais nada. E o jantar? O jantar, que costumavam comer juntas, consistia geralmente em dois ou três *donuts* e alguns goles de iogurte líquido. Caridad tinha verdadeira paixão por *donuts*. E também por iogurte líquido. Claro, tinha emagrecido e agora dava até para lhe contar as costelas, mas não adiantava, a vontade de Caridad e sua alimentação de passarinho constituíam um todo inamovível. Carmen não conseguia entender, por mais que pensasse no assunto, como ela podia agüentar tanto tempo com uma dieta tão chocha, mas o caso é que agüentava e que cada dia estava "mais atraente". Quando chegamos às ruas de Z, eu a convidei para tomar o café-da-manhã. Carmen pediu churros com chocolate. O garçom, um adolescente sonolento que não estava para gracinhas, disse que não tinham, então ela se conformou com

135

um biscoito e uma cerveja. Falar demais lhe dava sede. Pedi café com leite e dois *donuts*. Antes de nos despedirmos, ela perguntou se alguma vez eu tinha estado no interior do casarão. Respondi que não. Fez bem, ela disse, mas não acreditou em mim...

# Enric Rosquelles:

## No dia seguinte à festa na discoteca

No dia seguinte à festa na discoteca apareceu a maldita velha como um furacão na minha sala na prefeitura. A manhã era tranqüila, como que envolta numa toalha molhada e silenciosa, uma manhã outonal, mas a tranqüilidade era apenas aparente, melhor dizendo, estava unicamente de um lado da manhã, do lado esquerdo, digamos, enquanto no lado direito fervia o caos, um caos que só eu escutava e percebia. Vou me ater aos fatos, devo dizer que desde o momento em que abri os olhos comecei a me sentir inquieto, como se até no ar do meu quarto fosse possível sentir o cheiro da desgraça. Essa sensação, que não me era desconhecida, depois de tomar banho e café, e enquanto ia de carro para Z foi se atenuando consideravelmente, mas os aspectos irracionais do problema continuavam lá, no carro, e, depois, na minha sala, não sei se me explico, com a leve forma de um pressentimento. Eu parecia perceber a cada segundo o envelhecimento das coisas e das pessoas, tudo arrastado numa corrente de tempo que só levava à miséria e à tristeza. Então a porta da sala se abriu com um barulho surdo e apareceu a velha seguida pela minha secretária, que entre aflita e irritada tentava fazê-la voltar para a sala de espera. A velha, miúda, com os cabelos cortados de forma disparatada, cravou seus olhinhos em mim, num reconhecimento rápido e intenso, antes de anunciar que tinha uma coisa a me dizer. De início nem sequer me levantei, estava por demais concentrado nas minhas intenções para dar importância a um fato que, dentro do cabível, não era anormal no meu trabalho. Uma elevada porcentagem de usuários pensa que, falando com o chefe, encontrará uma solução efetiva para os seus problemas. Em casos assim, o que faço é enviá-los, com alguma palavra amável e muita paciência, às repartições instaladas no bairro de M, onde encontrarão a ajuda das nossas assistentes e educadoras. Estava a ponto de fazê-lo quando a velha, depois de verificar que era eu e não outro que a olhava tranqüilamente do outro lado da mesa, pronunciou em voz baixa e piscando o olho para mim sua frase talismã: queria conversar comigo ou com a prefeita sobre o caso da pista de gelo. Tudo que eu havia suposto e temido ao longo da manhã aflorou de repente, corporificou-se, como se eu estivesse assistindo a um filme de ficção científica, com uma força demolidora. Não exagero se digo que faltou pouco para que eu começasse a tremer. Entretanto, num exercício de autocontrole, consegui que os nervos não me delatassem e, fingindo um súbito e divertido interesse, pedi à minha secretária que nos deixasse a sós. Ela soltou a velha, cujo braço segurava, e olhou para mim como se não desse crédito a seus ouvidos. Depois que lhe repeti a ordem, saiu fechando a porta. A tal discussão que agora dizem que eu tive com a velha é, evidentemente, mentira, mais uma das muitas que disseram. Da mesa da minha secretária não se pode ouvir nada do que se diz na minha sala, a não ser que se fale aos gritos, e posso garantir que não houve gritos, nem ameaças, nem berros. A porta permaneceu o tempo todo fechada. Meu estado de espírito, como é fácil supor, era o pior que se possa imaginar. O termo esgotado descreve com bastante precisão a atitude que adotei em presença da velha; esta, pelo contrário, parecia possuída por uma vitalidade e uma energia transbordantes. Enquanto falava, às vezes com um timbre normal, às vezes em sussurros, era capaz de mexer as mãos de forma tal que invariavelmente recordava um filme de faraós e pirâmides. Entendi, em meio ao turbilhão de despropósitos, que queria uma moradia subvencionada, uma "pensão ou ajuda", um trabalho para um monstro inominado. Respondi que nada daquilo estava ao meu alcance. Exigiu então a presença da prefeita. De alguma maneira associava nós dois à existência da pista de gelo. Perguntei o que pensava conseguir de uma entrevista com a prefeita, e sua resposta confirmou os meus temores: segundo a velha, Pilar seria mais receptiva aos seus pedidos. Falei então que não era preciso, que eu mesmo veria como remediar um pouco a sua situação e ato contínuo saquei a minha carteira e lhe dei dez mil pesetas, que a velha guardou na mesma hora na bolsa. Em seguida, tentando fazer que minha voz soasse descontraída, expliquei-lhe que por enquanto não se podia fazer nada em relação à moradia, que, quando acabasse o verão, digamos em meados de setembro, daria um jeito de lhe arranjar alguma coisa. A velha perguntou pela pensão. Peguei uma folha de papel e anotei alguns dados: o problema, expliquei, era exatamente o mesmo que o da habitação, enquanto os funcionários não voltassem das férias, não havia o que fazer. A velha permaneceu pensativa por um instante, e pouco depois me dei conta de que, pelo menos momentaneamente, o assunto havia ficado em suspenso. Antes de se despedir disse que com esse trato ela passava uma borracha em nossos velhos conflitos. Sem poder ocultar minha surpresa eu lhe garanti que dificilmente poderíamos ter tido algum problema, pois era a primeira vez que nos víamos. A velha então procurou me refrescar a memória, lembrando que anos atrás ela havia estado no Departamento de Serviços Sociais. Rememorou o passado com palavras claras e lúcidas, que me fizeram tremer da cabeça aos pés. Quero que me entendam: eu estava sentado atrás da mesa, e a maldita bruxa, com palavras cheias de vaselina e de arestas, foi compondo uma imagem na qual só existíamos ela e eu, e ambos sem ter como escapar. Mas agora está passada a borracha, disse com os olhos brilhantes. Assenti mexendo a cabeça. Tinha a convicção de que não havia conseguido enganá-la com nenhuma das minhas mentiras. Senti-me, como qualquer um de vocês, pego no contrapé...

# Remo Morán:

## Às dez da manhã em ponto peguei o carro e saí

Às dez da manhã em ponto peguei o carro e saí em direção ao Palácio Benvingut. O dia estava nublado e as curvas da estrada principal que leva a Y são famosas por seus desastres, de modo que dirigi com extremo cuidado. O movimento era escasso e não tive o menor problema para encontrar o palácio, um lugar que sempre despertou meu interesse, tanto pela sua arquitetura, que se prestava à confusão, como pela lenda acerca do seu construtor e primeiro dono. A beleza da mansão, apesar de em ruínas, se mantinha, como em tantas outras casas da Costa Brava e de Maresme, em que ninguém mora. O portão de ferro do jardim estava aberto, mas não o suficiente para passar um carro. Eu me abaixei e o abri totalmente. O portão guinchou de maneira horrível. Por um momento pensei em continuar a pé, mas logo me arrependi e voltei ao carro. O trecho que havia entre o portão principal e a casa propriamente dita era considerável e corria por um caminho metade de cascalho, metade de terra, margeado por arvorezinhas anêmicas e canteiros destroçados. No interior do jardim erguiam-se umas tantas árvores grandes e, mais além, o mato crescia entre coretos e fontes decrépitas até formar uma espessa parede verde-escura. No frontispício do palácio descobri uma inscrição. São essas coisas que acontecem por acaso: se alguém tivesse me dito que procurasse a inscrição, na certa não a teria encontrado nunca. Com letras cinzeladas na pedra, a casa dizia: "Benvingut m'ha fet". A cor azul da fachada, protegida do sol, parecia corroborar a asserção: somos assim porque Benvingut nos fez assim. Estacionei o carro junto do pórtico e bati na porta. Ninguém respondeu. Pensei que a casa estivesse vazia; eu mesmo, parado à porta e aguardando, não projetava uma presença maior do que o mato que crescia por toda parte. Após um instante de hesitação decidi dar uma olhada na parte dos fundos. Um caminho de pedra corria sob as janelas fechadas do primeiro andar e terminava numa arcada que dava acesso a outro jardim, rodeado de muros e escadas, num nível inferior ao do jardim que eu acabava de deixar para trás e disposto em terraços, em cada um dos quais avistei os restos mutilados de uma estátua. Cada escada era enfeitada com pequenas cornucópias talhadas em pedra, quase rentes ao chão. Um portão de madeira, gradeado, se abria nos fundos para um pátio que dava diretamente para o mar. Uma porção da casa era erguida sobre as rochas, melhor dizendo, se afundava no promontório rochoso num abraço de intenção obscura, e, ao lado, junto das escadarias que desciam caracolando até a praia, estava o galpão. Este era uma enorme construção de madeira, com vigas salientes, um híbrido de tulha e igreja protestante carcomida pelo tempo e pelo descuido, mas ainda sólido. A porta, duas grandes pranchas de chapa metálica, estava aberta. Entrei. Lá dentro, alguém, com uma vontade infantil e terrível, havia construído, valendose de inúmeras caixas, uma série de corredores mal-ajambrados, de um metro e meio de altura, que, à medida que se enveredava por eles, iam decrescendo até ficar com uns cinqüenta centímetros. No centro ficava a pista de gelo. No meio da pista vi um vulto escuro, encolhido, negro como algumas das vigas que cruzavam relampejantes o teto baixo. O sangue, de diversos pontos do corpo caído, havia escorrido em todas as direções, formando desenhos e figuras geométricas que à primeira vista tomei por sombras. Em alguns setores, o fio de sangue quase chegava à beira da pista. Ajoelhado, talvez por sentir náuseas e vontade de vomitar, contemplei como o gelo endurecido começava a absorver a totalidade da carnificina. Num canto da pista descobri a faca. Não me aproximei para examiná-la mais detidamente, muito menos a toquei; de onde eu estava podia ver claramente que era uma faca de cozinha, de lâmina larga e cabo de plástico. Na lâmina, mesmo à distância, dava para notar as manchas de sangue. Pouco depois, com o máximo de cuidado, tentando não escorregar no gelo e ao mesmo tempo não pisar no sangue, eu me aproximei do cadáver. Desde o primeiro instante soube que estava morta, mas vista de perto parecia apenas adormecida, com uma ligeira expressão de desgosto nas comissuras do único olho que, sem mudá-la de posição, eu podia ver. Supus que era aquela a velha que tinha ido falar com Lola e por um longo espaço de tempo fiquei olhando para ela, como que hipnotizado, esperando irracionalmente que Nuria aparecesse na cena do crime. A pista de gelo me pareceu então um lugar magnético, ainda que, pelo visto, todos os seus possíveis moradores e visitantes fazia muito haviam se esfumado e eu era o último a entrar em cena. Quando me levantei, estava com as pernas geladas. Lá fora, as nuvens haviam coberto definitivamente o céu, e do mar começava a soprar um vento ameaçador. Sei que deveria ter voltado para o carro, regressado a Z e avisado a polícia, mas não o fiz. Pelo contrário, respirei fundo várias vezes e fiz um pouco de exercício, porque as pernas, além de geladas, começavam a ter cãibras e, mais uma vez, como se houvesse ali algo que me atraísse de forma irresistível, tornei a entrar no galpão e vaguei pelos corredores circulares, observando distraído as caixas, contando os refletores que apontavam para a pista, tentando imaginar o que havia acontecido ao abrigo daquela atmosfera gélida. Sem tocar em nada, principalmente sem tocar em nada com as mãos, trepei numas caixas e olhei ao meu redor. O panorama que se apresentou a mim era como o de um labirinto visto de cima, com um centro de vidro onde se destacava um buraco negro: o cadáver. Pude ver também que numa das paredes, oculta em parte pelas caixas, havia outra porta. Sem perder um minuto me dirigi para lá. Desse modo, depois de subir um lance de escada e penetrar numa galeria aberta para o jardim dos terraços, eu me vi dando voltas pelos intermináveis corredores do Palácio Benvingut. Logo perdi a conta das salas e dos salões que se sucediam à minha passagem. A maioria dos cômodos, como era de esperar, estava coberta de poeira e teias de aranha, com as paredes descascadas, num estado de ruína total. Em algumas, o vento havia escancarado as janelas, e no chão e nas paredes eram visíveis os sinais deixados pelas chuvas dos últimos trinta anos. Em outras, as janelas estavam firmemente presas às molduras, e o cheiro de podridão era insuportável. Surpreendentemente, no primeiro andar encontrei dois cômodos recém-pintados e com algumas ferramentas de carpintaria amontoadas do lado de fora, no corredor. Garanto que ainda ignoro que impulso me levou a percorrer toda casa. Numa espécie de sala de leitura em forma de ferradura, no último andar, debaixo de uma janela que dava para o mar, envolto em mantas escocesas em farrapos e com uma moça aparentemente adormecida a seu lado, encontrei Gasparín. Dias depois, ele me confessou que, ao ouvir meus passos, havia pensado que era a polícia e que não tinha escapatória. Na parte posterior da parede, em cima da última e magnífica janela, estava escrita a seguinte frase: "Coraje, canejo!".* As letras, que o tempo havia apagado, eram todas maiúsculas e apresentavam um desenho tão delirante quanto o resto da casa, mas não tive dúvida de quem era seu autor. Benvingut, o Indiano. O que, de resto, não deixava de ser estranho, pois pelo que eu sabia Benvingut viveu, viajou e acumulou sua fortuna em Cuba, México e Estados Unidos, e aquela expressão era argentina ou uruguaia. Enfim, mais estranho ainda era que a houvesse mandado pintar para presidir sua sala de leitura, onde era mais adequada uma sentença em latim ou grego, e ainda por cima de maneira que era só abrir a porta para que fosse visível com toda nitidez. Isso se algum dia aquele aposento cumpriu alguma vez com essa finalidade, coisa de que começo a duvidar. Seja como for, não me surpreendeu que Gasparín tivesse escolhido precisamente aquele lugar para esperar o que ele acreditava ser iminente. Não nos dissemos nada, permanecemos calados, entreolhando-nos, eu na soleira da porta, ele no chão, debaixo da inscrição, cobrindo com um braço a moça adormecida. O sono dela parecia tão calmo e feliz que me deu dó de falar e acordá-la. Do que mais me lembro daquele instante? Dos olhos de Gasparín e das bochechas manchadas de sangue da moça. Quando decidi falar perguntei se ele sabia o que havia lá embaixo, na pista. Assentiu com a cabeça. Por um segundo imaginei-o esfaqueando a velha, mas no segundo seguinte meu coração se deu conta de que aquilo era impossível. Depois disse que se levantasse e fosse embora dali. Não posso deixá-la, falou. Caia fora com ela. Para onde?, Gasparín perguntou com uma ponta de sarcasmo. Respondi que para o camping, que me esperasse lá. Gasparín assentiu outra vez. A moça parecia sonâmbula. Procure ser o mais discreto possível, disse a eles quando saíram do palácio. Depois voltei à pista de gelo e

---

* Coragem, caralho! (N. T.)

com o lenço apaguei as impressões digitais na faca; em seguida peguei o carro e fui para Z. Na mala, levava as velhas mantas escocesas que Gasparín e a moça tinham usado. Antes de chegar ao povoado eu os vi: andavam pela estrada, abraçados e com certa pressa, como se temessem a chuva que se aproximava. Eu nunca tinha visto Gasparín abraçado a uma moça, apesar de conhecê-lo desde que ele tinha dezenove anos e eu vinte. A estrada parecia muito grande, o mar parecia muito maior, e eles pareciam dois anões cegos e obstinados. Creio que não reconheceram meu carro; mais ainda, creio que nem prestaram atenção nele. Lentamente, mais o trânsito não permitia, me dirigi para o hospital. Lola não estava. Encontrei-a em seu trabalho, onde lhe contei tudo, salvo meu encontro com Gasparín e a moça. Por um instante conversamos sobre o que fazer. Lola parecia pesarosa. Eu nunca deveria ter lhe pedido esse favor, disse. Você acha que a moça da faca a matou? Acho que não existe nenhuma moça da faca, respondi. Depois ligamos para a polícia...

# Gaspar Heredia:

## *Até o Carajillo dormir falamos de mulheres*

Até o Carajillo dormir falamos de mulheres, comida, trabalho, filhos, doenças, mortes... Ao ouvi-lo roncar apaguei a luz da recepção e saí ao ar livre para continuar pensando. Quando amanheceu tornei a entrar na recepção, disse ao Carajillo que não havia novidades no camping e que precisava sair imediatamente. O Carajillo, ainda meio sonolento, murmurou palavras ininteligíveis. Algo acerca de uma lágrima gigantesca. Lágrima titânica. Pensei que sonhava com a letra de uma canção. Depois abriu um olho e perguntou aonde eu ia. Vou dar uma volta, falei. Desejou-me boa sorte e tornou a dormir. A bom passo calculei que levaria uns três quartos de hora para chegar ao Palácio Benvingut. Tinha tempo de sobra, então antes de sair do vilarejo parei num bar repleto de pescadores para tomar o café-da-manhã. Não prestei muita atenção no que diziam, mas acreditei ouvir que naquela noite alguns barcos tinham visto uma baleia e um pescador se perdera. No fundo do bar, rodeado de homens vestidos com roupa de trabalho, um rapaz de uns catorze anos agitava as mãos escandalosamente e às vezes ria, outras vezes grunhia e repetia palavras que outros tinham dito naquela noite. "A desgraça", "a baleia", "o guapo", "a onda" ecoavam como se estivessem jogando víspora. Paguei a conta e saí sem que ninguém prestasse atenção em mim. Durante o trajeto até o casarão não passou um só carro pela estrada, nem de Z a Y, nem de Y a Z; também não vi ninguém andando numa ou na outra direção. Do alto das enseadas o vilarejo parecia adormecido e certamente só os pescadores estavam acordados. Perto da praia alguns barcos ainda pescavam. Quando por fim cheguei ao palácio, o hábito me levou diretamente para a pista de gelo. As luzes estavam acesas e erroneamente pensei que a patinadora e o gordo talvez estivessem lá. Mas não, dentro da pista só vi a coitada da Carmen e na borda, no lugar habitual do gordo, observando o cadáver, Caridad. Estava com os olhos vagos das noites do camping e o rosto cheio de sangue, que ainda escorria do seu nariz. Não se deu conta da minha presença até que a segurei pelos ombros. Não sei por quê, pensei que se ela pisasse no gelo, coisa que parecia a ponto de fazer, eu a perderia para sempre. Na camiseta e nas mãos de Caridad também havia sangue. Nós dois estávamos tremendo. Meus braços, que envolviam seus ombros, se mexiam como cabos, e meus dentes castanholavam produzindo um som condizente com o cenário. Caridad também tremia, mas seu tremor provinha de dentro e permanecia interno, num circuito secreto só perceptível para quem a tocava, como eu fazia naquele momento. Cheguei até a pensar que meu tremor era produzido pelo seu tremor e que se eu a soltasse o meu cessaria, mas não a soltei. Caridad só olhou para mim quando sentiu minhas mãos em seus ombros, sem me reconhecer, e como se acreditasse que eu havia matado a cantora. O que aconteceu?, perguntei. Não respondeu. A faca, o gelo, a manhã, o corpo da cantora, o casarão, os olhos de Caridad, tudo começou a girar... Minhas mãos apertavam seus ombros como se eu

148

temesse que ela desaparecesse. Lembrei quão boa e generosa a cantora tinha sido com Caridad e quão boa e generosa Caridad tinha sido com a cantora. Ambas, forasteiras em Z, tinham se ajudado ao longo daquele verão da melhor maneira que sabiam. Por uns instantes não consegui desgrudar meu olhar do corpo que jazia no gelo, depois disse que fôssemos embora, apesar de desconfiar que não tínhamos lugar nenhum para ir. Com suavidade, empurrei-a até o interior do palácio. Caridad deixou-se levar com uma docilidade que eu não esperava. Vamos pegar as suas coisas, disse a ela. De repente nos vimos percorrendo corredores e escadas, mas cada vez mais depressa, como se o requisito indispensável para abandonar definitivamente o local do crime fosse revistar a casa de cima a baixo. Em algum momento, sem chegarmos a parar, lembro-me de ter lhe dito no ouvido que eu era o vigia noturno do camping e que ela devia confiar em mim, mas ela não pareceu ouvir. No segundo andar ficava o aposento que Caridad e Carmen haviam usado para dormir. Não era maior do que uma despensa, e para chegar a ele era necessário atravessar outros dois aposentos, o que tornava o delas bastante discreto e difícil de encontrar. Troque de camiseta, falei. Caridad tirou da sua mochila uma camiseta preta e jogou a ensangüentada no chão. Agachei-me, apanhei todas as suas coisas, inclusive a camiseta ensangüentada, e as enfiei na mochila. O resto eram coisas da cantora, garrafas vazias, velas, sacolas de plástico com roupas, revistas em quadrinhos, pratos, copos. Não tem pressa, Caridad disse. Olhei para ela na semipenumbra: daquele quartinho, certa noite as duas mulheres ouviram os acordes da "Dança do fogo" e sem dúvida devem ter passado por um mau bocado. Imaginei-as descendo as escadas ao encontro da música, mais sós do que nunca, uma com a faca, a outra com um pau ou uma garrafa, enfeitiçadas pelo brilho da pista de gelo. Ou talvez não, em todo caso já não tinha a menor importância. Quando saímos, era Caridad que me guiava. Em vez de descer, subimos para um aposento no terceiro andar. Fique comigo até eles chegarem, Caridad disse encarando-me. Supus que se referia à polícia. Vamos nos ferrar juntos, pensei. Nós dois estávamos gelados, então nos cobrimos com as mantas e nos deitamos no assoalho de madeira. Pela janela filtravam-se tênues raios de luz. Era como acampar. Provavelmente o calor fez que, sem me dar conta, eu adormecesse. Os passos no andar de baixo me acordaram. Alguém abria e fechava as portas dos cômodos. Sei que é ilógico e idiota, mas não pensei na polícia, e sim em Carmen, que tinha se levantado da sua poça de sangue e nos procurava. Não por vingança nem para nos assustar, mas para se aconchegar a nós, enrolada também numa das mantas. Claro, eu não tinha a menor idéia de que horas poderiam ser. Quando a porta se abriu e apareceu Remo Morán, também não me espantei. Lembrei-me da noite em que o vira sair da discoteca com uma loura. A loura era patinadora, logo não me pareceu nem um pouco estranho que a procurasse. Você é meu pai, pensei, me ajude. Creio que Remo tinha medo de que Caridad também estivesse morta...

# Enric Rosquelles:

## *De tarde Pilar me telefonou no escritório para informar*

De tarde Pilar me telefonou no escritório para informar, em tom seco e oficial, que haviam encontrado um cadáver no Palácio Benvingut. O telefone caiu das minhas mãos e, quando o peguei de novo, não havia ninguém do outro lado da linha. Ao digitar o número de Nuria, percebi o quanto estava tremendo, mas minha vontade se impôs e, quando Laia atendeu, pude perguntar por Nuria com uma voz pelo menos passável. Nuria não estava. Em circunstâncias normais nunca teria me atrevido a perguntar se tinha dormido em casa, mas as circunstâncias não eram normais, de modo que perguntei. Do outro lado, Laia emitiu uma breve risadinha brincalhona antes de responder. Sim, o que é que eu estava pensando, claro que sim, tinha dormido em casa. Respirei aliviado e pedi que dissesse a Nuria para entrar em contato comigo o mais depressa possível. Se na meia hora seguinte não recebesse um telefonema dela, iria procurá-la diretamente na sua casa. Está com ciúmes, Laia disse. Não, rebati, não estou com ciúmes. Laia começou a perguntar se estava acontecendo alguma coisa, coitadinha, quando senti que não agüentava mais e desliguei. Precisava desesperadamente refletir, de modo que respirei fundo e procurei me injetar uma nova dose de serenidade. Quase já tinha conseguido quando bateram na porta e apareceu o velho García, chefe da Polícia Municipal de Z. Trazia um maçaroca de papéis na mão e com o gesto bonachão de sempre, se bem que desta vez um tanto forçado, perguntou se podia se sentar um instante. Disse-lhe para não ficar parado na porta, que entrasse e sentasse, que se sentisse em casa. Creio que gritei um pouco. Com um encolher de ombros, García avançou para a cadeira que lhe ofereci e por um instante ambos permanecemos em silêncio, ele sentado com os joelhos bem separados e eu olhando para a rua, de pé ante uma janela. Fale, homem, fale, eu disse sem mais preâmbulos. García me recomendou que baixasse a voz. A secretária é capaz de ouvir, disse tão baixinho que precisei pedir que repetisse. Arrasado, mas um pouco mais sereno, sentei-me e optei pela tática de encará-lo sem pestanejar. Como eu imaginava, García desviou o olhar quase de imediato e começou a observar os diplomas pendurados na parede. O senhor tem muitos diplomas, constatou num sussurro. Meneei a cabeça sem parar de encará-lo, sim, aqueles eram os meus troféus, os certificados da minha inteligência e dedicação, a xerox do meu diploma de psicologia (o original está emoldurado na casa da minha mãe), o diploma do curso de educação especial, o de educador de rua, o de educação carcerária, o de assistência primária em centros abertos, o de delinquência juvenil e narcodependência, o de animador sociocultural, o de psicologia urbana, o de psicologia e criminalidade (obtido em Paris, durante dois dias), o de educador social (um fim de semana em Colônia, com conferencistas vagamente nazistas), o de reanimação psicossocial, o de psicologia e meio ambiente, o de problemas da terceira idade, o de centros de reabilitação e fazendas, o de *Rumo a uma Europa socialista*, o de política e economia espanhola, o de política e esporte na Espanha, o de política e Terceiro Mundo, o de problemas e soluções nos pequenos municípios etc. etc. Não sabia que estudava tanto, García disse soltando um suspiro. Evitei responder; minha mente, como vulgarmente se diz, estava muitíssimo longe daquela sala, perdida num espaço de sonhos. Sem perceber comecei a cantarolar a "Dança do fogo". Já sabe por que estou aqui, García disse pigarreando. Não gostei que me interrompesse, ninguém gosta de ser interrompido, não sei, me pareceu uma falta de educação absoluta, mas que mais se poderia esperar de um policial. Vamos ao que interessa, homem, vamos ao que interessa, eu disse erguendo novamente a voz. García enrubesceu tanto que achei que ia ter um ataque do coração, ou do cérebro, ou as duas coisas ao mesmo tempo. O senhor está preso, falou olhando para o chão. Pronto, está dito, não foi tão difícil assim, falei com um sorriso que só Deus sabe quanto esforço me custou para manter nos lábios. Depois, já sem sorrir, perguntei o que supunham que eu tinha feito. Por matar uma mulher, García disse, e roubar o município. Perguntei, com autêntica curiosidade, que mulher supunham que eu havia matado, ainda que dentro de mim começasse a desconfiar quem era a morta. Uma mendiga, García disse, procurando em seu papelório, Carmen González Medrano. Perguntei se havia chegado àquela conclusão sozinho ou se, pelo contrário, o trabalho tinha sido de equipe. García encolheu os ombros e fez como se não me entendesse. Você vai se dar mal se imagina que vai crescer às minhas custas, avisei-o. García respondeu que na realidade ele não estava querendo crescer, não, e que sentia muito ver-se obrigado a me prender, mas que eu entendesse, cada um tinha as suas obrigações. Não acreditei em uma palavra do que ele disse, no brilho dos seus olhos notava-se a felicidade: pela primeira vez o puto ia chegar na frente da polícia nacional e da Guarda

Civil. Você vai se dar mal se imagina que vai sair no jornal, García, berrei, vocês todos vão ter uma boa surpresa. García balbuciava uma resposta quando o telefone tocou e precipitei-me para atendê-lo como se daquilo dependesse a minha vida. Do outro lado da linha a voz de Nuria parecia um passarinho trêmulo de frio. Nunca, juro, eu a tinha sentido mais próxima. Nuria, falei, Nuria, Nuria, Nuria. Com uma discrição que só o honra, García levantou-se, virou-se de costas para mim e ficou olhando meus diplomas. Sem querer, sem me dar conta do que fazia, comecei a chorar. Nuria, não sei como, se deu conta e perguntou, não muito segura, mas muito preocupada, isso sim, se eu estava chorando, o que me apressei a desmentir por palavra e de fato. A um canto, García me observava com o rabo do olho. Do lado de fora da sala ouvi gritos, era minha secretária, e algumas vozes que pediam e exigiam, mas que não consegui distinguir. Um barulhão e tanto, em todo caso. Naquele momento não teria me importado se caísse fulminado por um raio. A respiração de Nuria e minha respiração, unidas na linha telefônica, eram como um casamento atemporal, ao mesmo tempo o enlace, a consumação, o transcorrer dos dias tranqüilos, o conhecimento. Meus dentes rangeram de forma horrível. O que aconteceu?, Nuria perguntou. Notei que García estava outra vez junto de mim e fazia caretas ininteligíveis. A barulheira que provinha da sala de espera aumentava: cadeiras caídas, corpos se chocando contra as paredes, gritos que pediam silêncio e calma, por favor, não obstruam o curso da justiça. Então soletrei: Nu-ria-te-nho-que-des-li-gar-a-con-te-ça-o-que-a-con-te-cer-lembre-se-que-te-a-mo-lem-bre-se-que-te-a-mo...

# Remo Morán:

## Os policiais eram jovens e tinham uma cara não muito inteligente

Os policiais eram jovens e tinham uma cara não muito inteligente, embora durante o trajeto um deles tenha dito ser formado em economia. O outro era mecânico amador, louco por motociclismo; sempre que podia escapava para participar das corridas de moto realizadas na Catalunha e em Valência. Os dois eram casados e tinham filhos. Quando chegaram à sala de Lola, não se mostraram tão falantes, embora, depois de ouvirem a minha história e escreverem quatro garatujas num cadeninho não exatamente limpo, tenham se entreolhado como se pensassem que aquele poderia ser o grande dia deles. Resolveram partir imediatamente em direção ao Palácio Benvingut. Para tanto solicitaram, um pouco nervosos, minha companhia. Lola não quis que eu fosse sozinho (vá saber o que passou pela cabeça dela) e impôs sua presença no grupo; afinal de contas, ela era a única capaz de identificar o cadáver. Depois de Lola buscar a ficha da vítima num arquivo transbordante de papéis, os quatro partimos para o local do crime na viatura da polícia, coisa que eu depois lamentaria, pois ia ter que voltar ao serviço de Lola para pegar meu carro, e não me sobravam nem tempo nem vontade. No Palácio Benvingut nada havia mudado, ainda que talvez tivesse se acentuado a imagem de desolação, de outono prematuro que envolvia a casa e os arredores. O cadáver continuava ali, mas o rastro de sangue não parecia tão sinistro, nem o sangue tão vermelho. Lola avançou alguns passos pista adentro e a reconheceu sem dificuldade: Carmen González Medrano, transeunte. Mais tarde apareceram o chefe de polícia, que felicitou publicamente seus homens, uma espécie de legista acompanhado por três rapazes da Cruz Vermelha e uma mulher de uns trinta anos que disse ser a juíza da comarca. Ela e Lola se conheciam e tiveram uma pequena altercação acerca da ficha da mendiga. A juíza queria ficar com a ficha, coisa que Lola negou terminantemente. Vendo as duas jovens enérgicas discutirem, pensei que era aquela a Espanha que avançava a passos largos rumo ao futuro. Ao lado delas, não sei se saudosos, ou dóceis, ou pacientes, a velha e eu éramos como duas flechas, uma rápida e a outra lentíssima, disparadas para o passado. Finalmente, graças à mediação do legista, chegaram a um acordo: Lola ficaria com a ficha e enviaria uma xerox à juíza. De minha parte, precisei repetir a história um par de vezes, e quando fomos dispensados não havia quem nos levasse. Voltamos a Z caminhando. Lola estava um pouco pálida, mas muito bonita. No começo me repetiu o pouco que sabia da morta, mas terminamos falando da sua recente viagem à Grécia e de como o menino tinha se comportado. De tarde, depois de várias tentativas frustradas de me comunicar com Nuria, decidi ir à casa dela outra vez para me informar sobre o seu paradeiro. Sua mãe abriu a porta e me convidou a entrar. Tinha os olhos avermelhados e não estava para conversa. Nuria tinha ido para Barcelona. Não sabia quando ia voltar. No hotel, Álex me aguardava com uma notícia bombástica: a polícia havia detido Enric Rosquelles como suposto autor do crime. Precisei contar de novo a história que já havia repetido cem vezes aquela manhã e pouco depois subi ao meu quarto, para pensar. Mas o que fiz foi adormecer, sentado num sofá, e sonhar que um grupo de mulheres-pássaro se reunia lá fora, junto da varanda, observando-me através dos vidros enquanto suas asas batiam silenciosamente no ar quente e úmido. Pouco a pouco eu as reconhecia, lá estavam Lola, Nuria e outras mulheres de Z, embora os rostos fossem vagos e eu talvez me equivocasse. No meio, como se fosse a rainha do cortejo, a mendiga adejava. Seus olhos eram os únicos que me fitavam de verdade. Uma rajada de vento abriu as janelas e ouvi sua voz, justo quando o grupo de mulheres-pássaro se elevava a contrapelo das nuvens que cobriam o vilarejo. Mesmo assim, a voz da morta fazia tremer os vidros da minha varanda. Estava cantando. A letra da canção consistia numa única palavra repetida: venha, venha, venha. Querido colega, venha, venha, venha. A ponto de acordar eu me ouvi prometer que iria, mas que antes precisava encontrar seu assassino. De noite, depois de tomar banho, saí para dar uma volta pelo Stella Maris. Fora da recepção, Gasparín, o Carajillo e um cliente de camiseta estavam sentados tomando a fresca. Fiquei um instante com eles. Depois disse a Gasparín e ao Carajillo que me acompanhassem. Quando ficamos a sós nas ruas internas do camping perguntei a Gasparín onde estava a moça. Disse que dormindo, na sua barraca. Sabe onde a encontramos?, perguntei ao Carajillo. Imagino, respondeu. Pois esqueça, falei, ou guarde para você até as coisas ficarem mais claras. Para mim não há nenhum inconveniente, o Carajillo disse, o problema pode aparecer quando a polícia a pegar. Não vão pegá-la, falei, e se a pegarem não vai nos envolver no caso. Pode confiar na moça, não é? Gasparín não respondeu. Repeti a pergunta. Depende, Gasparín disse, alguns podem, outros não. Eu, por exemplo, posso confiar nela?

Sim, Gasparín respondeu, creio que sim. O Carajillo também. E você, pode confiar? Não sei, Gasparín respondeu, na verdade é exatamente o que estou averiguando, se é possível confiar nela. Combinamos que o melhor era que ele e a moça se mantivessem distantes do caso. A polícia consegue chegar a você por ela, falei, se bem que, do jeito que as coisas estão indo, não creio. Gasparín estava ilegal na Espanha, e sua namorada só Deus sabe quem era. Quando voltamos à recepção, o cara de camiseta ainda estava lá e começou a me pedir detalhes sobre o que havia acontecido no Palácio Benvingut. Soube por ele que a notícia tinha saído na TV3 e que o escândalo ia ter desdobramentos...

# Gaspar Heredia:

*Caridad se adaptou muito bem à vida no camping*

Caridad se adaptou muito bem à vida no camping, mas no início não era fácil percebê-lo porque ela quase não falava e eu quase não lhe fazia perguntas. Mais do que compartilhar uma barraca, nós nos revezávamos nela: na hora que eu ia dormir, ela acordava, e na hora que eu acordava, ela mal começava a ter sono. Só tomávamos uma refeição juntos, a da manhã, que para mim era jantar e para ela café-da-manhã, e que consistia de queijo, iogurte, frutas, presunto, pão integral, enfim, uma dieta pensada para que ela recuperasse suas cores, e que Caridad comia muito a contragosto. Às vezes nos encontrávamos no bar do camping, por puro acaso, e costumávamos tomar uma cerveja juntos. Conversávamos pouco. Apesar disso não demorei a descobrir que sua voz era a mais inquietante que eu já tinha escutado. Entrar de gatinhas na barraca e encontrar seu cheiro no amontoado de roupas produzia em mim um prazer intenso. Mais agradável ainda era acordar e encontrá-la a poucos passos da barraca, sentada no chão, lendo um livro à luz de um lampião a gás. Sua saúde precária, de que a cantora tinha me falado, só se manifestava em freqüentes hemorragias nasais, que Caridad atribuía ao sol, sem lhe dar maior importância. O pior era que às vezes ela só percebia quando o sangue começava a gotejar pelo queixo, e seu rosto, assim tingido, assustava quem não estivesse a par. Quando isso acontecia, uma vez a cada quarenta e oito horas, ela punha um lenço molhado no septo nasal e deitava de costas no chão, junto da barraca, esperando que passasse. Eram ocasiões em que eu aproveitava para conversar com ela. Com muito tato. Começava pelo tempo e acabava pela sua saúde. Claro, toda vez que insinuei que fôssemos ver um médico obtive categóricas negativas como resposta. Caridad, conforme compreendi mais tarde, odiava hospital, tanto quanto escola, delegacia de polícia e asilo de velhos. Nunca a vi sangrar pela boca, nem cuspir sangue, de modo que supus que Carmen tinha se enganado a esse respeito ou havia exagerado os males da amiga, animada pelo interesse que via em mim. Se tinha pais, irmãos, família, é algo que eu nunca soube. Seu passado era uma coisa guardada no mais estrito silêncio, o que por si mesmo era curioso numa pessoa que ainda não tinha vinte anos. Um dia o rapaz da moto e ela se encontraram no bar do camping. Eu os vi de longe e preferi não me aproximar, mas tampouco me afastei muito. Conversaram — o rapaz falou e Caridad de vez em quando mexeu os lábios — por uns dez minutos. Pareciam duas baterias recarregadas. Depois se separaram, como naves espaciais com rumos divergentes, e o vazio que se instalou tremendo no bar ameaçou engolir o resto dos clientes. Outro dia, enquanto tomávamos uma cerveja, o rapaz apareceu junto de nós e começou a falar, falava em castelhano mas usando termos que só ele e Caridad, ao que parece, entendiam. Antes de ir embora me dirigiu um sorriso que podia significar qualquer coisa. Na vez seguinte apareceu na recepção, montado na moto, e disse que queria falar comigo. Na realidade só desejava manifestar sua

160

gratidão pelo que eu havia feito por Caridad. Está completamente pirada, disse, mas é uma boa pessoa. Era de noite e a moto fazia um barulhão considerável. Pedi-lhe que desligasse o motor e empurrasse a moto até a barraca, o que ele fez. Por muitos dias, Caridad e eu só saímos do camping para comprar comida. Não que tivéssemos planejado assim, mas simplesmente, cada um por motivos diferentes, não tínhamos vontade de sair. No que me diz respeito essa situação poderia ter durado para sempre, mas o rapaz da motocicleta começou a vir todas as tardes, já sem rodeios, diretamente à nossa barraca. Meio adormecido, eu o ouvia chegar e logo em seguida ele começava a conversar com Caridad, que naquela hora, se não estava no bar, ficava sentada do lado de fora, com um livro nas mãos e sem fazer nada, pensando. Uma tarde, o rapaz chegou na moto e, após uns minutos de conversa a meia-voz, ambos se foram. Achei que não tornaria a vê-la. Quando voltaram, lá pelas três ou quatro da manhã, eu estava sentado junto da cancela metálica, na entrada do camping, e Caridad me cumprimentou com um gesto de cabeça. Dois dias depois o rapaz foi embora do camping, e Caridad continuou comigo. Naqueles dias, segundo o Carajillo, o vilarejo andava conturbado e nervoso; o desvio de verbas para o Palácio Benvingut estava tendo uma repercussão maior do que o crime do Palácio Benvingut, mas eu não sabia de nada; não comprava jornal, não ouvia rádio e só ocasionalmente via televisão na recepção do camping. Remo veio me ver um par de vezes. Tentamos, com a maior boa vontade, conversar sobre um assunto qualquer, mas não deu certo. O espetáculo foi lamentável. Nem sequer nos olhávamos nos olhos. Só quando ele começou a recordar insistentemente o México (eu me limitei a escutar) a coisa foi um pouco mais fluida. Fluida mas triste. Menos mal que não chegamos ao extremo de ler um para o outro poemas recentes. Talvez porque, além do mais, não existiam poemas recentes.

Uma noite vi o gordo na tevê: escoltado por dois policiais, saía de um carro e desaparecia atrás da porta de um tribunal. Não tentou cobrir o rosto com a jaqueta ou com as mãos algemadas; pelo contrário, olhava para a câmara com curiosidade e distância, como se a coisa não fosse com ele, e os assassinos e corruptos estivessem do outro lado, longe do alcance da objetiva. Uma tarde, enquanto eu dormia, Caridad entrou na barraca, despiu-se e fizemos amor, mais ou menos da mesma maneira, como se o caso não fosse conosco e os amantes de verdade estivessem mortos e enterrados. Mas era a primeira vez e foi bonito, e a partir de então começamos a conversar um pouco mais, não muito, mas um pouco mais sim...

# Enric Rosquelles:

## *Juro que não a matei*

Juro que não a matei, como ia matá-la se a tinha visto um par de vezes, e olhe lá. É verdade que a velha veio à minha sala e que eu lhe dei dinheiro, sim, podemos até dizer que ela estava me chantageando, mas isso não é motivo para matar ninguém. Sou catalão e aqui estamos na Catalunha, não em Chicago ou na Colômbia. Muito menos a facadas! Nunca na minha vida usei uma faca contra ninguém, nem em sonho, e supondo-se, só por supor, que tivesse usado, quem é capaz de me imaginar dando-lhe vinte facadas? Perdão, para ser exato, trinta e quatro facadas. Absolutamente ninguém! Muito menos no meio da minha pista! Se tivesse feito isso, ato contínuo precisaria me suicidar, porque um cadáver no Palácio Benvingut iria inexoravelmente me apontar como principal suspeito. E o que eu ganharia matando a velha? Nada, só problemas e mais problemas, até rebentar. Desde o dia em que essa pobre coitada morreu minha vida virou um pesadelo. Todo mundo me deu as costas. Fui despedido do meu trabalho e expulso do partido. Ninguém esperou a minha versão dos fatos. Pilar, a quem tanto ajudei, diz agora que fazia tempo que desconfiava de mim. Mentira podre. O secretário do partido em Gerona disse que minha atitude sempre lhe pareceu equivocada. Outra mentira. Mentiras torpes, além do mais! Porque, se a minha conduta era óbvia e eles sabiam, por que não fizeram nada antes que se consumasse a malversação e o assassinato? Vou lhes dizer: não fizeram nada porque não sabiam de nada, não intuíam nada, nada os preocupava. O melhor que poderiam fazer agora é calar a boca e arcar cada qual com a sua responsabilidade. Sim, usei dinheiro público para construir a pista de gelo do Palácio Benvingut, mas tenho documentos que demonstram a rentabilidade que se poderia ter com a pista, se bem administrada, num prazo de sete anos, para não falar dos serviços que prestaria aos esportistas da comarca e até da província, órfãos de qualquer instalação adequada para a prática desse esporte de inverno. A pista, digo isso para quem pensar que estou improvisando desculpas e álibis, tem as medidas regulamentares: 56 × 26 metros, que é o mínimo oficial (o máximo é 60 × 30). Se acrescentássemos à pista um vestiário (honesto e digno, como aconselham as normas) e uma arquibancada simples mas cômoda, a cidade de Z se encontraria, do dia para a noite, em posse de uma jóia que seria invejada por todos os povoados vizinhos, perfeitamente comparável a qualquer pista européia de alta competição. Ninguém me autorizou a gastar o dinheiro do erário público numa instalação esportiva? Eu fiz isso nas costas de todo mundo, principalmente dos convergentes e dos comunistas? Agi movido por interesse pessoal para conquistar as graças de uma patinadora? Sou louco e megalomaníaco e provavelmente, ao ser descoberto, ainda por cima assassino? Digo com palavras compungidas e sinceras: nada disso é verdade, não sou um monstro, sou uma pessoa com iniciativa e garra, agi de boa-fé. Vou dar um exemplo: os planos para a construção da pista não custaram um tostão, eu mesmo os desenhei tomando como ponto de partida os planos do célebre engenheiro Harold Petersson, pai da primeira pista de gelo de Roma, construída por ordem expressa de Benito Mussolini em 1932. A grade é criação minha, inspirada nas baratíssimas grades de John F. Mitchell e James Brandon, os arquitetos esportivos funcionalistas. Não precisei cavar: enchi a velha piscina de Benvingut. Boa parte da maquinaria me foi vendida a preço de liquidação por um amigo de Barcelona, industrial em bancarrota ante a avalanche de firmas estrangeiras. Consegui os serviços do mestre-de-obras mais infame de Z, só precisei apertá-lo um pouco (ele depois apertou seus peões) e logo o tive em minhas mãos. O negócio saiu redondinho, e ninguém quer reconhecer isso! Pergunto: quem teria sido capaz de fazer algo parecido, no mais estrito segredo e gastando pouquíssimo dinheiro? Agora é fácil falar de 20, 30 ou 40 milhões desaparecidos, mas posso assegurar que empreguei um valor muito abaixo dessas somas. Enfim, sei que ninguém se levantará e dirá: posso fazer melhor. Mas também não é minha intenção me apresentar como um exemplo a ser seguido. Sei que fiz uma coisa indevida. Sei que cometi um erro. Provavelmente Pilar perderá as eleições por minha causa. Eu trouxe desprestígio aos meus correligionários. Sem querer soltei uma matilha de lobos sobre Nuria. Fui motivo de chacota da Espanha por pelo menos duas noites e da Catalunha por toda uma semana. Meu nome foi escarnecido até nos mais desprezíveis programas esportivos do rádio. Mas daí a me considerarem um assassino vai um abismo. Juro que não a matei, na noite do crime estava na minha casa, dormindo sobressaltado, envolto em pesadelos e lençóis molhados de suor. Lamentavelmente minha pobre mãe tem sono pesado e não pode testemunhar...

# Remo Morán:

## Os jornais e as revistas a tornaram famosa

Os jornais e as revistas a tornaram famosa em todo país, e sua fama, dizem, atravessou as fronteiras; sua foto foi reproduzida nos semanários sensacionalistas da Europa; chamaram-na de mulher misteriosa do Palácio Benvingut, a esportista do Inferno, a patinadora de olhar angelical, o objeto de desejo espanhol, a beleza que comoveu a Costa Brava. Pouco depois de o escândalo se tornar público, foi expulsa da Federação de Patinação e todas as esperanças de voltar ao mundo da competição se desvaneceram. Uma revista de Barcelona ofereceu-lhe milhões de pesetas para posar nua. Outra, meio milhão pela história completa dos fatos ocorridos no Palácio Benvingut. Houve quem dissesse que Enric Rosquelles a estava acobertando e que a verdadeira assassina era Nuria, mas essa acusação não prosperou: na noite do crime, que os peritos calcularam ter ocorrido por volta das três da manhã, ela estava em casa: sua mãe e sua irmã puderam confirmar. Como se não bastasse, naquela noite uma amiga de X, por uma série de vicissitudes que não vêm ao caso, se hospedou na sua casa. Conversaram até depois da hora que os peritos estabeleceram e dividiram o mesmo quarto. A amiga não hesitou em declarar que Nuria não saiu da cama a noite toda. Daquele infortúnio todo, manifestado de diversas formas, o que mais sentiu foi sua exclusão da equipe de patinação, à qual não foi nem sequer permitido se apresentar para a seleção final. Abruptamente, justo no melhor momento, acabaram-se as bolsas ou a esperança de bolsas, as medalhas ou a esperança de medalhas. Falou, já que tinha se tornado notícia e ninguém lhe negava um microfone, em todos os meios de comunicação que quis, principalmente nos programas esportivos noturnos de acentuado caráter sensacionalista, contra os dirigentes e treinadores que, transformando-se em juízes, tinham-na afastado arbitrariamente daquilo que, para ela, era muito mais do que uma profissão. Invocou a Constituição e tentou se defender, mas não houve jeito. Uma noite a ouvi, com Álex e um garçom no bar já sem fregueses. O rádio portátil parecia um fantasma de outro planeta, entre uma caixa de cerveja e a geladeira. Teria sido menos doloroso não ouvir: ao longo de vinte minutos o locutor conduziu-a com perícia e furor mal disfarçado de benevolência pelos territórios da violação pública. Uma semana depois Nuria voltou a Z. Estava esgotada e em seus olhos se notavam rastros de febre. Não queria se deixar ver em restaurantes nem em lugares muito freqüentados, nem tampouco ficar em casa. Quando fui buscá-la, sugeri que fôssemos para a zona rural, longe do mar, por estradas secundárias que atravessavam antigas fazendas transformadas em áreas de piquenique. Durante o trajeto falou de Enric. Disse que tinha se portado mal com ele, que enquanto o coitado apodrecia na prisão ela lutava (e, o que era o cúmulo, dava-se ao ridículo) para disputar uma vaga na equipe olímpica. Que se sentia terrivelmente egoísta. Disse que sempre soubera que Enric gostava dela, mas nunca dera maior importância ao fato. Ele jamais tinha exteriorizado seus sentimentos, talvez se houvesse lhe pedido que fossem para a cama as coisas agora fossem diferentes. Contou-me que em Barcelona tinha ficado na casa de uma amiga e que no começo sofrera muito: todas as noites chorava até dormir, tinha pesadelos com a velha assassinada, dores de cabeça, e as mãos ficavam trêmulas quando ela recebia visitas. Um dia, nas dependências do Instituto Nacional de Educação Física, encontrou seu ex-namorado e ele se comportou como um imbecil. Foram para a cama e à meia-noite ela foi embora com a convicção de que não tornaria a vê-lo. Ele nem percebeu, estava dormindo. Sobre as entrevistas e os processos que tinha em vista, não disse uma palavra, nem eu perguntei. Queria visitar Enric na prisão e desejava que alguém a acompanhasse. Eu disse estar à sua disposição, mas passaram-se os dias e Nuria não tocou mais no assunto. Aparecia no hotel, na hora de sempre, e subíamos logo para o meu quarto onde ficávamos até começar a escurecer. Na cama, invariavelmente falava da velha e do Palácio Benvingut. Uma tarde, quando ia gozar, disse que eu devia comprá-lo. Não tenho tanto dinheiro assim, falei. É pena, respondeu, se você tivesse muito dinheiro poderíamos ir embora daqui para sempre. Para isso, sim, tenho dinheiro, falei, mas ela não me ouvia mais. Ela fazia amor em silêncio, mas à medida que o clímax se aproximava desatava a falar. O problema não era que Nuria falava durante o ato sexual, mas que sempre se referia à mesma coisa: ao assassinato e à patinação. Como se ela se afogasse. Talvez o pior não fosse falar da mesma coisa, e sim que eu comecei a me contagiar e em pouco tempo, nos instantes prévios ao orgasmo, nós dois desatávamos uma série de confissões e solilóquios macabros cheios de gemidos, de planícies geladas, de velhas multiplicadas no gelo que só com nosso gozo conseguíamos interromper. O que senti quando vi a velha estirada no charco de sangue? Sabia que a lâmina de um patim, de três milímetros de largura, podia ser considerada uma arma branca? O que terá levado a velha a entrar na pista, fugia do seu assassino, pensou que seu assassino não poderia segui-la até ali; qual dos dois escorregou primeiro? Outras vezes a obsessão era Enric; se Enric a odiava, se Enric pensava nela, se Enric pensava em se suicidar, se Enric estava louco, se Enric tinha matado a velha. Uma tarde me pediu que a sodomizasse. Quando eu estava fazendo o que pedira, disse que na certa já tinham enrabado Enric na prisão. Pensei no gordo por um instante e brochei. Outra tarde contou que tinha sonhado com o sangue da velha. O sangue no gelo formava uma letra que ninguém, nem eu nem os policiais, havia visto. Que letra? Um N maiúsculo. Outra tarde, em vez de me despir, sugeri que trepássemos no carro e fôssemos a Gerona visitar Enric. Nuria não quis e começou a chorar. Como pude ser tão boba, disse, a ponto de não perceber nada. O que você precisava perceber, que Enric tinha construído a pista sem a prefeitura saber? Não. Nuria gritou, que Enric me amava como ninguém me amou. Foi meu verdadeiro amor, e eu não soube ver. E, assim, variações sobre o mesmo tema até esgotá-los. Aquilo, eu logo soube, e creio que Nuria sabia, não podia nos trazer nada de bom. De qualquer modo, nunca como naqueles dias estivemos tão próximos um do outro, e nunca como naqueles dias nos desejamos tanto...

# Gaspar Heredia:

## A *polícia esteve duas vezes no camping*

A polícia esteve duas vezes no camping, em visitas de rotina, e em ambas as ocasiões o peruano, a senegalesa, Caridad e eu nos escondemos nas canchas de bocha. Para tais imprevistos o peruano guardava numa casinha de cachorro, junto das canchas, vários jogos de bolas e, quando a situação exigia, passava montado numa bicicleta pelo banheiro e pela minha barraca nos convidando aos gritos para jogar uma partida. Com o passar do tempo acabamos ficando craques em bocha, e de tarde, quando escurecia, costumávamos nos enfrentar em partidas cada vez mais demoradas e disputadas. O peruano, a recepcionista e a senegalesa formaram a equipe do turno do dia, o Carajillo, Caridad e eu, a outra. Tínhamos nossos ajustadores, ou colocadores, ou marcadores, nunca ficou claro qual era a terminologia correta, e nossos atiradores, ou afastadores, ou limpadores. Geralmente jogávamos à luz elétrica, assim que começava a escurecer, e nem sempre nas canchas de bocha, às vezes no próprio caminho de entrada do camping, ao lado do bar, ou junto dos banheiros, se a senegalesa ainda não houvesse terminado a

170

faxina. Caridad logo se destacou como afastadora, assim como a senegalesa, enquanto o Carajillo e o peruano eram marcadores natos, e a recepcionista e eu simplesmente fazíamos número. Em algumas tardes Álex Bobadilla se juntava a nós, substituindo a recepcionista com mais entusiasmo do que eficácia. Finalmente, decidimos fazer uma seleção das nossas equipes e participar do campeonato de bocha que todos os anos se realizava no camping, no encerramento da temporada. Os selecionados foram o Carajillo, o peruano e a senegalesa. Os demais, e aqui se incluíam as outras duas faxineiras muito atarefadas com seus múltiplos empregos para poderem jogar, nos contentamos com torcer, criticar e tomar cerveja. Naqueles dias, o peruano e a recepcionista marcaram a data do casamento, e um ar de confiança e tranqüilidade pairava no ambiente, como se as coisas se reconciliassem entre si de forma definitiva, embora, como se sabe, nada seja definitivo. Nossa equipe ficou em terceiro. Ganhamos uma taça que Bobadilla e o Carajillo puseram na recepção, numa estante, em lugar bem visível. O tempo refrescou e eu comecei a fazer planos para o dia em que meu trabalho chegasse ao fim. Na realidade não tinha a mais remota idéia do que ia acontecer. Viver no camping, Caridad dizia, era como estar de férias. Férias indefinidas. Para mim era como estar de volta à escola: partia da estaca zero. Chamávamos a barraca de nossa casa, não sei se por besteira, por vontade de fazer piada ou porque fosse de fato a nossa casa. De manhã, terminado o trabalho, íamos à praia, Caridad meio adormecida dando pulinhos pela calçada de lajotas quebradas; íamos enrolados em toalhas porque naquela hora fazia frio, depois nadávamos, comíamos e tomávamos sol até nossos olhos se fecharem. Às duas ou três da tarde acordávamos e voltávamos para o camping. As bochechas de Caridad logo pegaram cor. Os trabalhadores, inclusive Rosa e Azucena, que tinham desconfiado dela no princípio da temporada, passaram a gostar dela, talvez porque estivesse sempre disposta a lhes dar uma mão, tanto nos banheiros como nas diversas tarefas de manutenção, inclusive na recepção, durante o dia, para que o peruano e a recepcionista pudessem ir tomar um café. Com o aparecimento dos primeiros sinais do outono, todo mundo começou a fazer planos, menos nós. A senegalesa pensava trabalhar fazendo faxina em casas particulares, as irmãs voltariam ao Prat, o peruano esperava encontrar trabalho em alguma administradora ou imobiliária de Z, assim que tivesse seus documentos em ordem, e o Carajillo passaria mais um inverno trancado na recepção, vigiando o camping vazio. Quando nos perguntavam quais eram os nossos projetos, não sabíamos o que responder. O plural da pergunta nos deixava envergonhados. Ir para Barcelona provavelmente, dizíamos nos olhando de viés. Ou viajar, ou ir viver no Marrocos, ou estudar, ou ir cada um para o seu lado. No fundo só sabíamos que estávamos pendurados no vazio. Mas não tínhamos medo. Às vezes, de noite, quando eu dava voltas pelas áreas escuras, com barracas familiares vazias cobertas de agulhas de pinheiro e módulos para barracas desocupados, pensava na pista de gelo, e isso sim me dava medo. Medo de que alguma coisa da pista estivesse ali, enganchada, oculta na escuridão. Às vezes, ajudada pelo ar e pelos ratos que passeavam pelos galhos das árvores, a presença quase se fazia visível; então eu saía dali, evitando correr mas depressa, e só depois de ouvir a respiração regular de Caridad do outro lado da lona amarela que protegia nossa barraca eu me acalmava e conseguia voltar ao trabalho...

# Enric Rosquelles:

## *Além da minha mãe e de algumas tias e primos*

Além da minha mãe e de algumas tias e primos com um senso de dever familiar e de solidariedade exemplares, só vieram me visitar Lola e Nuria, cuja presença equivale a uma multidão e cujo senso de amizade e solidariedade também é exemplar. A primeira a aparecer foi Lola, e sua atitude me surpreendeu tanto e me deu tanta alegria que desatei a chorar na sala de visitas. Ficavam para trás nossos mal-entendidos, desavenças, problemas de trabalho. Ao vê-la, eu soube que não tinha me enganado: não importava que agora eu fosse o pestilento, uma verdadeira assistente social sempre vai ao lugar da dor, e Lola, não há dúvida, é uma assistente social da cabeça aos pés. A única da minha numerosa equipe que nunca puxou meu saco (não nego que mais de uma vez a critiquei em público, ou que ela conseguiu me exasperar, ou que pensei em mandá-la para o exílio num trabalho de escritório) e a única que se atreveu a me visitar quando caí em desgraça. Assim são as coisas, e não é tarde para aprender uma lição: os seres submissos são traiçoeiros, é melhor não confiar neles. Preciso não me esquecer disso quando eu sair. Porque conto sair, não tenham dúvida. Mas como ia dizendo: Lola veio me ver, alegre e cheia de vitalidade como sempre, e quando enxuguei minhas lágrimas disse que estava convencida de que eu não podia ser o assassino da velha (cliente dela, isto é, nossa, aliás) e que tudo terminaria por se esclarecer. Em Z as coisas estavam péssimas: o Departamento de Serviços Sociais era dirigido por um apadrinhado do Departamento de Feiras e Festas, que, era o cúmulo, queria se valorizar (diante de quem, ninguém sabia) reestruturando meu sistema de atendimento e fazendo a maior confusão, o que animava muitos a pensar seriamente numa mudança de ares. Alguns já farejavam que Pilar ia cair, derrotada nas próximas eleições, e outros não perdoavam terem sido desconsiderados na reestruturação. Desconfio que Lola estava entre estes últimos, pois também me contou que sua ida para a prefeitura de Gerona era iminente: ia ganhar mais e lhe asseguravam um controle sobre os programas realizados por ela. Isso me pareceu uma espécie de recriminação velada: a maioria das nossas brigas tinham se iniciado com programas escritos por Lola e que depois eu mudava, adequava, corrigia ou pura e simplesmente jogava no lixo; mas, enfim, depois da sua visita sou capaz de admitir que ela me faça qualquer tipo de recriminação, velada ou não. Mais ainda, digo isso de uma vez por todas: Lola foi minha melhor colaboradora e, se depois de ter eu saído, agora ela se vai, pobres marginalizados, pobres crianças com problemas, pobre população de alto risco de Z! Claro, desejei-lhe a maior de todas as sortes em seu novo trabalho e até fizemos piada sobre em que eu iria trabalhar ao sair deste antro. O resto da conversa girou em torno da minha situação atual e da salada russa de figuras legais e ilegais que a adornavam. Dias depois apareceu Nuria, e sua visita, tantas vezes imaginada, desejada, pressentida, temida, iluminou esta cova de dor com uma luz ainda mais poderosa do que a da serena amizade de Lola. Falamos pouco, ambos com a voz enrouquecida, mas nos dissemos tudo que tínhamos a nos dizer. Nuria estava muito mais magra. Vestia uma roupa masculina, calça e paletó preto, velha e folgada como se houvesse pertencido ao seu pai. Tinha os olhos vermelhos, o que me fez supor que antes de entrar estivera chorando. Perguntei-lhe como estava. Sozinha, respondeu. Passo as noites chorando e pensando. Quase como eu. Quando foi embora vi que seus sapatos também eram de homem: grandes e pretos, com reforços metálicos e sola dura, como os de um skinhead. Ambas, Lola e Nuria, me trouxeram presentes. O de Lola era um livro de Remo Morán. O de Nuria, o livro da patinação por excelência, *Santa Lydwina e a sutileza do gelo*, de Henri Lefebvre, em edição francesa da Luna Park, Bruxelas. Tanto para o hospitalizado quanto para o encarcerado não há maior presente do que um livro. O tempo é a única coisa que me sobra, embora meu advogado diga que logo estarei na rua. A acusação de assassinato não pára em pé e só deverei responder pela malversação. Enquanto se passam os dias e se aproxima o momento da minha libertação, dedico-me a ler e a organizar um pouco este lugar. O diretor, um funcionário de carreira meio incomodado não sei se pela minha presença ou se pelo ambiente, pediu-me que o ajudasse a pôr ordem nesta pocilga. Respondi-lhe que, na medida das minhas possibilidades, contasse comigo. O diretor é um jovem castelhano, solteiro, mais ou menos da minha idade, e creio que simpatizamos um com o outro. Em dois dias preparei para ele um estudo da realidade centrado na questão sanitária e na superlotação, com avaliações, propostas e justificativas. Um interno que trabalhava na biblioteca o passou a limpo, e o diretor, depois de ler o texto, me felicitou efusivamente e me propôs ampliarmos, a quatro mãos, o estudo e mandá-lo para o concurso Projeto Carcerário Europeu. Não é má idéia...

# Remo Morán:

## *Não se pode pactuar com Deus e o diabo ao mesmo tempo*

Não se pode pactuar com Deus e o diabo ao mesmo tempo, o Recruta me disse com os olhos banhados em lágrimas. Tem quarenta e oito anos e a vida o tratou "pior do que a um rato". Agora que as praias se esvaziam, estar ali, com ele, é como estar no deserto. Não trabalha mais catando lixo. Pede esmola. A certa hora misteriosa abandona seu deserto e se perde pelos bares da cidade velha, em busca de caridade ou de um copinho, para depois voltar à praia onde pensa ficar, segundo diz, para sempre. Um dia apareceu no hotel, quando Álex e eu fazíamos as contas na sala vazia de clientes. Olhou para nós, de longe, com olhos de cordeiro degolado e nos pediu dinheiro. Demos. No dia seguinte tornou a aparecer, de noite, na porta do restaurante do hotel, mas dessa vez havia gente: aposentados holandeses que organizavam uma festa de despedida. Um garçom o pôs na rua como nos filmes, agarrando-o pela gola da camisa e pelo cinto. De compleição miúda e dócil, o Recruta não opôs a menor resistência e deixou-se cair. Eu estava atrás do balcão, lavando copos, e vira tudo. Mais tarde disse ao garçom que aquele não era modo de tratar as pessoas, apesar de os holandeses terem rido muito com a expulsão. O garçom respondeu que Álex tinha mandado que o pusesse para fora daquele jeito. Quando a festa terminou, perguntei a Álex por que agira de forma tão contundente com um mendigo que não nos havia feito nada. Ele não sabe, instintivamente desconfia do Recruta. Prefere não vê-lo rondando pelo hotel. Também não quer que eu o veja. O que mais o incomoda nele?, perguntei-lhe. Os olhos, Álex disse, são olhos de louco. De noite vou à praia e encontro o Recruta dormindo debaixo da estrutura metálica das barracas de sorvete. A praia recende a coisas doces e podres, como se no interior de uma casinhola, fechada ao público até o verão seguinte, houvessem esquecido o cadáver de um homem ou de um cachorro junto às caixas com restos de sorvete. Conversamos, eu de pé, o Recruta deitado na areia, enrolado em jornais e mantas, com o rosto virado para a murada ou de través, detrás de seus estranhos dedos semelhantes a canudos. Com certeza você sabe de um lugar melhor para dormir, falei. Com certeza que sei, o Recruta disse soluçando...

# Gaspar Heredia:

## *Certa noite houve um grande alvoroço no terraço do bar*

Certa noite houve um grande alvoroço no terraço do bar e o garçom foi chamar os vigias. O Carajillo, meio adormecido, disse que eu fosse na frente e visse o que estava acontecendo que ele iria depois, se a situação fosse grave e sua presença necessária. Deviam ser três da manhã. Ao chegar ao terraço, vi dois alemães gigantescos, frente a frente, separados unicamente por uma mesa em cima da qual se apreciavam os restos de um jantar e copos quebrados. O choque entre os dois parecia inevitável, e os poucos espectadores, dissimulados atrás das árvores e dos carros, esperavam que de um momento a outro começassem a se matar. Na mão direita de cada alemão havia uma garrafa de cerveja vazia, como nos filmes de gângster, só que no caso, curiosamente, como a briga havia começado fazia um bom tempo, pelo menos no que se refere a insultos e ameaças, ainda não as haviam quebrado e se contentavam com esgrimi-las desafiadoramente. Os dois, percebi ao me aproximar, estavam pra lá de bêbados, com os cabelos despenteados, babavam, de olhos fora de órbita, braços arqueados, já imersos no mundo do combate que os aguardava e com uma indiferença soberana a tudo que não estivesse relacionado com ele. Falavam: não paravam de se insultar, a verdade é que não entendi uma palavra, mas os sons, guturais, sarcásticos, brutais, que saíam dos seus lábios não davam muita margem a dúvida. De fato, as palavras dos alemães eram a única coisa que se ouvia por todo camping, embora ao fundo se escutassem leves e distantes vozes de protesto do reduzido número de clientes que ainda não estavam dormindo, provenientes das barracas próximas do perímetro do terraço. Os protestos, e não sei por que isso me parecia inquietante, eram tão ininteligíveis quanto os ruídos dos alemães. Trazidos pela brisa noturna, chegavam em surdina, imateriais e como que sonhados, e criavam, pelo menos assim me pareceu, uma espécie de cúpula que envolvia o camping com tudo que havia nele, coisas vivas ou mortas. De repente, para piorar a situação, uma voz na minha cabeça me avisou que o único que podia quebrar a cúpula era eu. Então, enquanto eu andava pelo terraço em direção aos alemães, pressentindo que o Carajillo não iria aparecer e que nenhum dos que olhavam a cena interviria, na hipótese cada vez mais real de que os alemães decidissem se aquecer um pouco comigo antes de brigarem, intuí que alguma coisa ia acontecer (ou talvez pense assim agora e então só tivesse um pouco de medo), que cada passo que eu dava na direção dos gesticulantes era a metade de um passo em direção a mim mesmo. Andar na direção dos Irmãos Corsos. O negativo, gente boa, definitivo. Preparei-me para levar uma surra e ver o que acontecia depois, e nesse estado de espírito cheguei junto dos alemães e ordenei, num tom de voz amigável e não muito alto, que saíssem do terraço do bar e fossem dormir. Então aconteceu o que tinha que acontecer: os alemães dirigiram para mim suas caras e, no meio delas, como peixes-piloto, seus olhos azuis nadaram através da intoxicação etílica e se cravaram primeiro em mim, depois nos troncos das árvores que minavam lentamente o terraço, depois nas mesas vazias, depois nas lanternas de alguns trailers e, por fim, como se reconstituíssem a imagem verdadeira, num ponto impreciso às minhas costas. Devo dizer que também notei alguma coisa atrás de mim, alguma coisa que me seguia, mas preferi não me virar para verificar. A verdade é que eu estava bastante nervoso, mas ao cabo de alguns segundos percebi uma mudança na atitude dos alemães, como se na inspeção da paisagem instantaneamente se houvessem convencido da gravidade do jogo que pensavam jogar; seus olhos voltaram às respectivas órbitas aplacando de certo modo a violência gestual que precedia a violência física. Um deles, provavelmente o menos bêbado, balbuciou uma pergunta. Sua voz soou com estranhos matizes de inocência e pureza. Talvez tenha perguntado que diabo estava acontecendo. Em inglês, repeti que fossem dormir. Mas os alemães não olhavam para mim, e sim para o que estava atrás de mim. Por um segundo pensei que talvez se tratasse de uma cilada: se eu me virasse, o par de brutamontes se precipitaria sobre mim proferindo gritos de guerra. Mas a minha curiosidade foi maior e olhei por cima do ombro. O que vi me surpreendeu tanto que larguei a lanterna: ela se estatelou no cimento e as pilhas (muitas, pilhas demais) rolaram pelo terraço até se perderem na escuridão. Atrás de mim estava Caridad e na mão trazia uma faca de cozinha de lâmina larga que parecia convocar, através das ramagens, uma luz sépia proveniente das nuvens. Ainda bem que piscou o olho para mim, senão eu teria acreditado que era em mim que ela pensava enfiar a faca. A verdade é que ela se assemelhava a um fantasma. Com delicadeza nem um pouco desprovida de terror mostrava a faca como se mostrasse um dos seus seios. E os alemães sem dúvida se deram conta e agora, com o olhar, pareciam dizer não queremos morrer nem ser feridos, estávamos brincando, não queremos ter nada a ver com isso. Vão dormir, falei, e eles foram embora. Esperei até vê-los se afastarem camping adentro, apoiados um no outro, dois bêbados comuns, corriqueiros. Quando tornei a olhar para Caridad, a faca já não estava em sua mão. Os campistas que das suas barracas observavam a cena pouco a pouco, como que se espreguiçando, começaram a formar rodas, acender cigarros e comentar o sucedido. Não demoraram a subir no terraço e nos convidar para beber com eles. Alguém pegou as pilhas da minha lanterna e as entregou a mim. Logo me vi tomando vinho e comendo amêijoas no terreno de uma barraca enorme como uma casa, onde se sucediam as bandeirolas de papel da Catalunha e da Andaluzia. Caridad, sorridente, encontrava-se ao meu lado. Uma senhora mais velha me dava tapinhas nos braços. Outra elogiava a fibra dos mexicanos. Demorei a perceber que se referia a mim. Compreendi que ninguém tinha visto a faca nas mãos de Caridad, salvo os alemães e eu. O passo apressado deles era atribuído à minha decisão de manter a ordem no camping. A lanterna caída: um gesto de raiva antes de botá-los para correr dali a porradas. A presença de Caridad: natural apreensão de namorada. Os acontecimentos do terraço haviam sido esfumados pelas árvores e pelas sombras. Talvez fosse melhor assim. Ao voltarmos à recepção, o Carajillo dormia profundamente e por um instante ficamos sentados do lado de fora, observando, no caminho, uma luz salmão e saltitante que projetava uma atmosfera semelhante à de um submarino. Pouco depois, Caridad disse que ia dormir. Ela se levantou e a vi atravessar a luz rumo ao interior do camping. A faca, por suas proporções, provavelmente se avolumava debaixo da blusa, mas não distingui nada, e por um segundo pensei que a moça da faca só vivia na minha imaginação...

# Enric Rosquelles:

## Romances presenteados

Romances presenteados. *Santa Lydwina e a sutileza do gelo* é um livrinho primorosamente ilustrado sobre a santa padroeira dos patinadores. A narrativa transcorre no ano de 1369 e se centra de maneira um tanto obsessiva numa tarde que nos é sugerida como de importância transcendental para a única personagem. Santa Lydwina de Schiedam, que por horas a fio esteve imersa num mar de dúvidas, patina na superfície gelada de um rio enquanto os primeiros vestígios da noite começam a aparecer no horizonte. O rio gelado é descrito em algumas páginas como um "corredor", em outras como uma "espada" entre o dia e a noite. A santa, jovial e bonita, ainda que um tanto sisuda, patina alheia à escuridão que se avizinha. No livro se diz que ela traça percursos de uma ponte a outra, uns quinhentos metros mais ou menos. Logo se experimenta uma mudança em seu rosto, seus olhos se iluminam e ela crê compreender o significado último do seu exercício. Então, cai e quebra ("merecidamente") a costela. O livro acaba aí, não sem antes informar que depois desse acidente Santa Lydwina se recupera e volta à pati-

182

nação com maior alegria ainda, se isso é possível. O romance de Remo Morán se intitula *São Bernardo* e conta as façanhas de um cachorro dessa raça ou de um homem chamado Bernardo, posteriormente santificado, ou de um meliante que atende por esse nome. O cachorro, ou o santo, ou o meliante vive nas encostas de uma grande montanha gelada, e todos os domingos (embora às vezes esteja dito "todos os dias") se dedica a percorrer as aldeias da zona montanhosa e a desafiar para um duelo outros cães ou outros homens. Com o tempo, o moral daqueles que lutaram com ele começa a quebrantar, e ninguém se atreve a lhe dirigir a palavra. Impõem-lhe, textualmente, "a lei do gelo". Entretanto, Bernardo persevera e continua percorrendo cada domingo as aldeias da encosta da montanha e continua desafiando para um duelo os desavisados que demoram para fugir dele. O tempo passa, e os adversários do cão ou do homem envelhecem, retiram-se da vida pública, alguns se suicidam, outros morrem de morte natural, o resto acaba em tristes asilos de idosos. Por sua vez, Bernardo também envelhece e, com a velhice e a solidão, pois não mora numa aldeia, começa a se tornar rabugento e iracundo. Claro, os duelos continuam, e os adversários são cada vez mais jovens, detalhe que no começo Bernardo não percebe, mas que depois compreende como se lhe assestassem uma bordoada. Morán não economiza nem sangue, que corre a rodo, nem banhos de esperma, nem lágrimas desatadas pelo mais insignificante pretexto. Na metade do romance, Bernardo ("abanando o rabo") deixa a encosta da grande montanha e passa uma temporada num vale e outra temporada acompanhando o curso de um rio. Ao voltar para casa, tudo continua igual. Os duelos são cada vez mais violentos e em seu corpo se multiplicam as cicatrizes e os ferimentos. Numa ocasião está às portas da morte. Noutra sofre uma emboscada na saída de uma aldeia. Finalmente, mediante um decreto, em todas as partes ficam proibidos os duelos, e Bernardo, depois de violar a lei repetidas vezes, precisa fugir. Então, no fim do romance, acontece uma coisa esquisita: depois de despistar seus perseguidores, refugiando-se numa gruta, Bernardo sofre uma metamorfose, seu velho corpo se divide em duas partes idênticas ao corpo primigênio. A primeira parte escapa para o vale lançando gritos de júbilo. A segunda parte sobe pesadamente para as alturas da grande montanha e nunca mais se ouve falar dele...

# Remo Morán:

## *Não agüento ver como as pessoas se mandam*

Não agüento ver como as pessoas se mandam, o Recruta me disse, enquanto continuo preso a este vilarejo à espera de um milagre. O milagre elementar ou o milagre do compreensível. De tarde eu ia procurá-lo na praia e quase sempre o encontrava junto de um ponto de aluguel de patins tocado por um sujeito enorme e desfigurado. Junto dele, o Recruta parecia um anão e sentia-se protegido: não falavam, limitavam-se a ficar juntos até escurecer, e ambos se perdiam em direções opostas. Aquele era o único aluguel de patins da praia e quase não tinha fregueses. O Recruta, para ajudar, às vezes percorria um trecho da praia oferecendo os patins, mas ninguém nunca lhe dava bola. Por esses dias Nuria se foi de Z sem me dizer uma só palavra e, segundo Laia, morava agora com uma amiga em Barcelona, onde havia encontrado trabalho. Lola e meu filho se mudaram para Gerona. Álex tinha começado a preparar o fechamento das lojas de bijuteria, do camping e do hotel (como sempre, manteríamos só o Cartago aberto o ano inteiro) e saía do seu escritório apenas para comer. No camping ficava muito pouca gente e no hotel só um grupo de aposentados sem compostura, que todas as noites faziam uma festa como se pressentissem a iminência da morte. O escândalo do Palácio Benvingut havia esfriado, embora em Z continuassem falando da roubalheira de Rosquelles; era uma arma política de que socialistas e convergentes se valiam em sua luta pela prefeitura. No resto da Espanha já tinham vindo à luz outros escândalos e o mundo continuava, imperturbável, seu curso no vazio. No que me diz respeito, começava a me sentir farto de Z e às vezes sonhava ir embora de lá, mas para onde? Passar tudo adiante e ir morar numa fazendola perto de Gerona não era uma boa idéia. Nem ir morar em Barcelona ou voltar para o Chile. Talvez o México, mas não, no fundo eu sabia que não ia voltar: tinha medo demais. Só falta começar a nevar, patrão, o Recruta me disse uma tarde quando caminhávamos pelo Paseo Marítimo e pela praia, de tanto em tanto se adivinhava algum banhista semi-enterrado na areia ou percorrendo a beira da água em direção contrária à nossa, numa desesperada tentativa de perder uns quilos ou de adquirir certa condição atlética. Só falta começar a nevar? Sim, patrão, o Recruta me disse, bêbado ou drogado, com os olhos ardentes de febre, e a neve me cobrir até me matar...

# Gaspar Heredia:

*Faltava uma semana para irmos embora*

Faltava uma semana para irmos embora. Bobadilla tinha começado a se despedir de forma escalonada do pessoal e, um dia, quando acordei, me disseram que Rosa e Azucena haviam voltado ao Prat. Antes de irem embora, compraram uma torta e prepararam uma pequena despedida. A notícia foi dolorosa para mim, lamentei estar dormindo. Caridad guardava o meu pedaço de torta, que comi no fundo do camping, olhando para as cercas e as sombras que se moviam pelos edifícios circundantes, quase todos vazios. A perspectiva de partir de Z me enchia de inquietação, mas era inevitável que partíssemos. Enquanto esperávamos que isso acontecesse, Caridad sugeriu que fôssemos visitar pela última vez o Palácio Benvingut. Neguei-me resolutamente. Para que ir lá? O que perderíamos? Nada. De modo que era melhor continuar reclusos no camping até o dia da nossa partida definitiva de Z. Caridad parecia convencida, mas não estava. Em seus olhos, num lampejo, vi a placa vaga que eu já conhecia e que nela, em seu rosto, atuava como um sugador até outra realidade. Os olhos vagos, disse comigo mesmo, são um produto do esgotamento e da má alimentação dessa moça, e ponto final. Ou então: é natural que os olhos escuros, totalmente negros, pareçam vagos com esta ou aquela luz. Mas a verdade é que nada conseguia me tranqüilizar. Cada dia que passava ia aumentando meu medo. Medo de quê? Com certeza não posso dizer, mas suponho que era medo de deixar de ser feliz. Era sintomático que, quando eu estava sozinho, me distraísse rabiscando números numa folha de papel ou no chão, com um palito: o dinheiro que Remo Morán me devia, mais o saldo, contra os meses que levaria para se evaporar, aproximadamente no Natal, a melhor época para estar sem um tostão. Até lá eu contava ter arranjado outro trabalho, nem que fosse de Papai Noel ou de Rei Mago. Outra vez eu me pegava pensando na polícia. Sonhava com delegacias crepusculares varridas pelo vento, pastas de arquivo esparramadas no chão, fichas amarelas dos estrangeiros com visto de permanência caducos havia anos, papéis que ninguém mais lia e que o tempo ia apagando. Casos arquivados e perdidos. Rostos de assassinos arquivados e perdidos. Todos os caras legais agora podem trabalhar, a guerra terminou. Quando acordava, tentava me estimular dizendo a mim mesmo que o pior já tinha passado, que tudo tinha corrido bem, mas a sensação de não estar pisando num terreno firme persistia. Em outra ocasião, quando dormia, ouvi a voz de Caridad, em surdina, dizendo que queria ir ao Palácio Benvingut para vingar Carmen. Abri os olhos acreditando que ela falava com alguém do lado de fora da barraca, mas não, estava ao meu lado, deitada junto de mim, e as palavras eram sussurradas diretamente no meu ouvido. Por que estragar tudo com seu maldito palácio?, balbuciei, a meio caminho entre a vigília e o sono. Caridad riu como se tivesse sido pega brincando de alguma coisa infame. Através da lona não se distinguia o mais leve sinal de luz diurna, pelo que supus que já havia anoitecido; o silêncio da tarde, de uma tarde vazia de campistas, esfriava o corpo; tive a impressão, não sei por quê, de que lá fora havia dois palmos de neblina. Vingar Carmen, de que maneira?, perguntei. Caridad não respondeu. Você acha que o assassino vai voltar ao local do crime?, perguntei. Senti os lábios de Caridad descerem da minha orelha ao pescoço e ali pousarem: primeiro os lábios, depois os dentes, depois a lágrima. Virei-me, quase doente, e procurei o contorno do seu rosto. Na escuridão os olhos de Caridad haviam desaparecido. Pobre Carmen, disse, eu sei quem a matou. Eu e seu amigo Remo conversamos sobre isso. Quando?, perguntei. Ele veio me ver faz uns dias e falamos tudo. Remo sabe quem matou Carmen? Eu também, Caridad disse. E para que você quer ir ao Palácio Benvingut? Deveria ir é à polícia, falei, incapaz de dormir de novo...

# Enric Rosquelles:
## *Fui solto uma semana depois*

Fui solto uma semana depois de o meu ensaio ganhar o primeiro prêmio no concurso Projeto Carcerário Europeu patrocinado pela Comunidade Econômica Européia. Passar uma temporada no dito cárcere tinha me temperado os nervos, conforme eu acreditava, e o modo como agora contemplava a realidade era mais distante e sereno. Notoriamente mais distante e sereno. Há reclusos que dizem que estar dentro ou estar fora é mais ou menos a mesma coisa. Não lhes falta um pouco de razão. De todo modo eu preferia estar fora. Havia emagrecido e deixado o bigode crescer; além disso, embora pareça paradoxal, minha pele estava muito mais bronzeada do que ao entrar e minha saúde era perfeita. Na saída encontrei minha mãe e minhas tias, e antes que tivesse tempo de reagir eu me vi na casa de um dos meus primos (o arquiteto), onde fiquei escondido três dias, submetido à vontade da família da minha mãe, que dessa maneira cobrava a porção que lhes correspondia do dinheiro pago pela minha fiança. Em particular, a mulher do meu primo me confessou que temiam uma nova loucura da minha parte. O suicídio! Anjinhos de Deus! Se eu não tinha me suicidado na cadeia, como podiam supor que fosse me suicidar na rua, abrigado entre os meus? Mas não os contrariei e me deixei manipular tanto quanto quiseram. No fundo, sempre respeitei a sabedoria, o *savoir-faire* da família. Durante essa nova reclusão só falei (pelo telefone) com o diretor da prisão de Gerona, que não só estava encantado com o prêmio como já planejava novos ensaios escritos em conjunto sobre uma variedade de temas que ele definia como "sociológicos". Juanito, era esse seu nome, pensava pedir uma licença de um ano na administração pública, pois em decorrência do prêmio lhe haviam oferecido trabalho numa importante editora madrilena e, segundo as suas palavras, não perderia nada se tentasse. Não me lembro se a editora era de livros "sociológicos" ou de literatura, tanto faz, tenho certeza de que Juanito irá longe. O outro telefonema foi para tentar localizar Nuria. Primeiro falei com sua mãe, depois com Laia. A mãe, correta mas seca, me informou que Nuria não morava mais em Z e que, pelo que sabia, sua filha preferia não tornar a me ver. Mais tarde falei com Laia, e assim soube que Nuria trabalhava como secretária numa empresa holandesa sediada em Barcelona e que fazia um mês ou algo assim sua foto havia aparecido numa conhecida revista de circulação nacional. De que foto falava? Fotos de nus artísticos, Laia disse segurando o riso. Por mais de uma semana tentei conseguir a revista, mas todos os meus esforços foram em vão. Algumas noites, na minha casa, sonhei que procurava as fotos de Nuria nua, perambulando de pijama numa hemeroteca gigantesca e empoeirada, parecida (lembrar-me disso me deixa todo arrepiado) com o Palácio Benvingut. Envolto numa gelatina cinzenta, sufocado e silencioso, eu revirava estantes e caixas com a vaga certeza de que se encontrasse as fotos compreenderia o significado, a razão, o sentido verdadeiro e oculto do que tinha acontecido comigo. Mas as fotos nunca apareciam...

# Remo Morán:

## *Eu a matei, patrão, o Recruta me disse*

Eu a matei, patrão, o Recruta me disse enquanto as ondas se aproximavam a intervalos regulares, cada vez um pouco mais, dos seus joelhos. A praia estava vazia; no horizonte, sobre o mar, revolviam-se nuvens negras e gordas. Mais uma hora, pensei, e a primeira tempestade de outono, como um porta-aviões, passará sobre Z e ninguém nos ouvirá. (Ninguém nos ouvirá?) Não me pergunte por quê, patrão, o Recruta disse, certamente nem eu mesmo sei, mas provavelmente a resposta seja porque estou doente. Mas doente de quê? Não sinto dor nenhuma. Que demônio ou diabo me possuiu? A culpa será deste vilarejo miserável? O Recruta estava ajoelhado na areia, olhando o mar de costas para mim, de modo que não podia ver a sua cara, mas me pareceu que estava chorando. Os cabelos, grudados no crânio, davam a impressão de estar penteados com gomalina. Roguei-lhe que se acalmasse e que fôssemos a outro lugar. (Aonde eu queria levá-lo?) Não fui embora quando devia ir, replicou, prova de que ainda tenho os culhões no lugar, e esperei tanto quanto é humanamente possível que a iluminação tocasse a polícia, mas neste país ninguém quer trabalhar, patrão, e aqui estou eu, suspirou. As ondas, por fim, alcançaram os joelhos do Recruta. Um calafrio percorreu seus farrapos. Tomei a faca com que a coitadinha pensava se defender (de mim? não!) e a partir desse momento me transformei numa fera, o Recruta soluçou. O que estão esperando para me prender? Perguntei: como vão prender você se ninguém desconfia de você? O Recruta permaneceu em silêncio por um breve instante, a tempestade já estava sobre as nossas cabeças. Eu a matei, patrão, isso é um fato, e agora este vilarejo estranho e miserável parece comemorar sua lua-de-mel. Começou um dilúvio. Antes de me levantar e empreender a volta ao hotel, perguntei-lhe como havia sabido que a cantora morava no Palácio Benvingut. O Recruta virou-se para me encarar com a inocência de um menino (entre dois relâmpagos vi o rosto recém-lavado, jorrando água, do meu filho): seguindo-a, patrão, seguindo-a por estas ruas enladeiradas sem outra intenção além de zelar por ela. Sem outra intenção além de estar perto do calor humano. Ela estava sozinha? O Recruta desenhou uns sinais no ar. Não há mais nada para se falar, disse...

# Gaspar Heredia:

*Tomamos o trem para Barcelona numa tarde nublada*

Tomamos o trem para Barcelona numa tarde nublada, depois de uma manhã chuvosa que inundou as poucas barracas que ainda estavam de pé no Stella Maris. Os objetos que possuíamos revelaram-se mais numerosos do que à primeira vista pareciam e faltaram-nos sacolas de plástico, que conseguimos no único supermercado ainda aberto. Vimo-nos inclusive obrigados a deixar no camping muitas coisas que Caridad não se conformava em perder: revistas, recortes, conchas do mar, pedras e um variado sortimento de suvenires de Z. Espero que ao achar esses despojos Bobadilla os atire sem demora no lixo. Na noite anterior à nossa partida Remo apareceu na recepção para me entregar um envelope com meu pagamento e um extra com a quantidade suficiente para que Caridad e eu pegássemos um avião com destino ao México. Depois conversamos um pouco atrás da piscina, num lugar onde ninguém pudesse nos escutar. Desconfio que ambos ocultávamos alguma coisa um do outro. A despedida foi breve: acompanhei-o até a saída, agradeci-lhe, Morán disse que me cuidasse, abraçamo-nos e ele desapareceu. Nunca mais tornei a vê-lo. Naquela noite Caridad e eu também nos despedimos do Carajillo. A manhã seguinte foi bastante atarefada: a água entrou na barraca e molhou a nossa roupa e os sacos de dormir. Quando fomos para a estação estávamos ensopados. Ao chegarmos, já não chovia. Do outro lado das linhas férreas, num pomar, vi um burro. Estava debaixo de uma árvore e de vez em quando soltava um zurro, que fazia todos os viajantes que esperavam nas plataformas se virarem para olhá-lo. Então, como que vomitados por uma nuvem negra, numa extremidade da estação apareceram dois policiais e um guarda civil. Pensei que vinham nos prender. Com o rabo do olho eu os vi avançar lentamente, com pachorra, em nossa direção, as mãos prontas para sacar a arma. Aquele bicho e eu nos parecemos, Caridad disse com voz sonhadora. Somos estrangeiros em nosso próprio país. Eu gostaria de ter lhe dito que estava enganada, que ali o único a quem podiam aplicar a lei dos estrangeiros era eu, mas não abri a boca. Enlacei-a suavemente pela cintura e esperei. Caridad, pensei, era estrangeira para Deus, para a polícia, para si mesma, mas não para mim. A mesma coisa se podia dizer do burro. Os policiais pararam no meio do caminho. Entraram no bar da estação, primeiro os da polícia nacional, depois o guarda civil, e, milagre auditivo, eu os ouvi claramente pedir dois pingados e um *carajillo.*\* O burro tornou a zurrar. Por um longo momento ficamos contemplando-o. Caridad passou um braço por meus ombros e assim ficamos até chegar o trem...

---

\* Café com algum destilado, geralmente conhaque. (N. T.)

# Enric Rosquelles:

## *Quando por fim voltei a Z tudo era tão diferente*

Quando por fim voltei a Z tudo era tão diferente que pensei ter me enganado de cidade. Em primeiro lugar, ninguém me reconheceu, o que era extraordinário, já que por muitas semanas fora a personagem mais famosa do lugar e custava a crer que em tão pouco tempo todo caso estivesse esquecido. Em segundo lugar, eu mesmo não reconheci muitos dos edifícios e ruas de Z, como se na minha ausência alguém houvesse redesenhado o espaço urbano de uma maneira sutil mas dolorosamente perceptível: as vitrines pareciam fragmentos de uma grande rede de camuflagem, as árvores nuas não estavam onde deviam estar, o sentido do trânsito, em algumas ruas, havia mudado substancialmente. Só a prefeitura, verifiquei sem descer do carro, apresentava a mesma fachada imperturbável de sempre, embora Pilar não fosse mais a prefeita (tinha sido amplamente derrotada nas últimas eleições) nem eu seu mais eficiente factótum. A instituição, compreendi com um misto de doçura e amargor, continuaria apesar das transmutações da realidade, ou o que dá na mesma: a realidade era incapaz, ainda que durante seu esfor-

196

ço caíssem os seres humanos, feito Pilar e eu, de mudar aquelas veneráveis (e inúteis) pedras. Dessa perspectiva era mais fácil aceitar as mudanças ocorridas no vilarejo. De todo modo, sob a influência de um senso de precaução aprendido recentemente na prisão, só desci do carro para tomar alguma coisa num bar do centro e ir ao banheiro, e para espichar um pouco as pernas no Paseo Marítimo, já perto da hora de partir. Se caí na tentação de visitar o Palácio Benvingut? Bem, o mais fácil seria lhes dizer que não, ou que sim. A verdade é que dei um passeio de carro pelas encostas, mas não fui além disso. Há uma curva privilegiada, na estrada de Z a Y, da qual se pode observar a enseada e o palácio. Quando cheguei ali, freei, virei e voltei a Z. Que ganharia indo ao Palácio Benvingut? Nada, só acrescentaria mais dor à dor acumulada. No inverno, além do mais, o palácio é um lugar muito triste. As pedras que eu recordava azuis agora são cinzentas. Os caminhos que recordava luminosos estão agora cobertos de sombras. De modo que freei, virei no meio da estrada e voltei a Z. Enquanto não havia me afastado o bastante, evitei olhar pelo retrovisor. O que está perdido, perdido está, digo eu, precisamos olhar para a frente...

1ª EDIÇÃO [2007] 1 reimpressão

ESTA OBRA FOI COMPOSTA EM ELECTRA PELO ACQUA ESTÚDIO E IMPRESSA
EM OFSETE PELA GRÁFICA BARTIRA SOBRE PAPEL PÓLEN SOFT DA SUZANO S.A.
PARA A EDITORA SCHWARCZ EM ABRIL DE 2022

A marca FSC® é a garantia de que a madeira utilizada na fabricação do papel deste livro provém de florestas que foram gerenciadas de maneira ambientalmente correta, socialmente justa e economicamente viável, além de outras fontes de origem controlada.